紫陽花

杉山 実

Sugiyama
Minoru

ブックウェイ

あらすじ

金井花梨は十年以上前、夫の圭太がスナックのママと浮気をし、内緒で貢いでいることを知り離婚した。

その為、スナック通いをする男たちを軽蔑していたのだが、生活の為にやむを得ずスナックで働くことになってしまう。

子どもは兄と妹の二人いるが、長男の方は夫に引き取られ、病気がちで身体の弱い妹の方は引き取って育てている。

花梨が務めるスナック梨花には、文具店チェーン社長の大藪、建設会社社長の渡辺、役所の課長補佐佐伯らが花梨目当てに通っているが、花梨は、彼らは常連客なので適当に相手をしているが、全く恋愛感情は持てない。

もっとも、大藪も渡辺も妻帯者で、佐伯はバツイチだが、梨花には最近通い出したばかりである。

離婚や夜の仕事を通して、自分と接する人たちの本当の気持ちは何？　自分の信念が正しいのか？　別れた夫圭太とその両親との複雑な関係と駆け引き、自分の気持ちとの葛藤に苦しむ花梨の姿を描く作品。

紫陽花

紫陽花　◎目次

寒い空

冬の寒空を、金井花梨は今夜も美味くも無い酒を飲みすぎたと思いながら、急いで自転車を漕ぎ自宅に向かう。

小さな田舎町なので、ＪＲの駅前の近くだけは夜のお店が数十件立ち並ぶ繁華街があり、多少は明るいが、その場所を少し過ぎると、街灯が点々と存在する程度で薄暗く不気味だ。

花梨とは変わった名前を頂いたもので、父親が花梨酒好きだったので付けられたと聞いたが、今自分が働いているスナックが花と梨を入れ替えた梨花という名前であることに面白いめぐり合わせもあるものだと思っていた。

花梨は今年四十五歳、十年以上前に離婚をして、現在公営住宅に高校生の娘と二人で暮らしている。娘の上には兄一人がいたのだが先方の両親が跡取りだからと、離婚のときにさらわれるように夫方に引き取られた。

娘の名前は里奈で高校生、長男の名前は宏隆で既に社会人になって働いている。

花梨は背が低く、昔から負けん気は人一倍強い性格は今でも変わらない。実家は少し離れた隣町に在るが、父親は早く亡くなりその後を兄の康一が継いでいるので、実家に帰る事も少ない。母親の久美子は兄夫婦と同居しているが、嫁登美の顔色を覗いながら肩身の狭い生活をしている。

花梨は実家の母には頼れないので、離婚のときも一人で悩んだ。常にどんな困難でも自分一人で切り抜けなければならなかった。

昼間は近くのスーパーで働き、最近夜は週三日スナック梨花で働くようになって、ようやく世間並みの生活ができるようになってきた。

花梨は丁度バブルが始まる直前に産まれて、バブルの終焉に恋愛結婚をした。

金井家は、兄の康一を私立の大学に通わせるだけで精一杯で、妹の花梨を進学させる余裕は無かった。

それは、花梨も判っていたので、高校を卒業するなり小学生の時から憧れていたバスガイドになろうと思い、就職説明の時には即決で観光バス会社へ就職を決めたのだった。

通う高校も地元で中程度だったので女子の場合、半数は就職組だった。進学組は短大が四割で四年生大学が一割ほどだったのと、花梨は特別勉強が出来た訳でもないので、就職組の中に入っても何の抵抗も感じなかったのだ。

就職して初めて分かったのだが、歌がそれ程上手なかったのだ。それでガイドの仕事には向いていないと思ったのである。

しかし、背が小さくて可愛いタイプだったのが幸いして、いつも運転手には可愛がられる人気者ではあった。

始めの一年間は、色々な場所にお金を貰って行ける仕事だと喜んでいたが、翌年からは「ここは去年行った、ここも春行った」と同じ場所、同じコースの連続となり、また初めての観光地に行けるのは半年に一回程度になると、最初の楽しい気持ちから年々楽しさが無くなって来ていた。

そんな気持ちで迎えた三年目の初夏に、珍しく若い運転手との組み合わせで京都日帰り観光の仕事が回って来た。

運転手の名前は鎌田圭太、運転手としては珍しく四年制の大学を卒業していたので、社内では評判のインテリ運転手と言われる男性だった。

圭太は四年制の大学と言っても実は名ばかりの三流大学出身で、最初の就職は長続きせずに辞めてしまい、子供の頃から憧れていた観光バスの運転手に再就職したのだった。

バスの運転手は大型二種免許が必要なので、極端に若い運転手は少ないこともあり、ガイド仲間からは注目されていたのである。

花梨と圭太の初コンビの京都観光は、地元の小学校の日帰り観光であった。

バス二台で迎えに行き、校庭に並んで小学生が乗り込むのを待っていた。

その間同僚のガイドの最上智子とおしゃべりしようと花梨はもう一台のバスに乗り込んだ。

「小学生は嫌いよ、途中でトイレとか、話聞かないしね」と智子が言った。

「四年生だから、多少は判るでしょう?」と花梨。

「ダメダメ、漫画の話位よ、黙って聞くのは。だからビデオ持って来たのよ、これを流せば黙って見るでしょう?」

「最上さんは、要領が良いわね」と花梨は感心した。

雑談している二人に運転手の持田が「金井さん、今日は若い運転手で良いだろう?」と話に加わった。

「そうよ、中々の顔だと思うわよ、鎌田さん」と智子も言う。

「そうかな?　若いだけでしょう?」と花梨。

「ガイドの中でも、北さんと古屋さんが狙っているらしいわよ」

「うそー、二人共歳じゃない?　彼はまだ二十代でしょう?」

「彼はそう若くないわよ、来年三十歳らしいわ。恋人無しだけど長男なのがたまに傷ね」

「それでは、北さんも古屋さんもやはり年上ね。厚かましいわ」と花梨が言った。

花梨は子供の頃から、変なライバル心を出しては、周りには理解ができないような行動を起こしては数々の失敗もあった。

この雑談がその後の、花梨の運命を大きく変えてしまうとは、その時花梨は知る筈も無かった。

花梨の家庭は、母の久美子はいつも父敏之に献身的であった。特に肩を叩いて、爪を切って、毎日靴下まで履かせる母親の姿を花梨は見て育って来た。

その為、夫婦はこの様にするのが普通の愛情表現で、花梨にとっては通常の事に思っていたのだ。


観光バスに小学生が乗り込んで来るや、子どもたちの話し声があちらこちらで飛び交い、かなり五月蠅い状況になっている。窓の外では大勢の見送りの父兄が手を振って我が子を見送っていた。

担任の先生が花梨からマイクを借りて「みなさん、おはようございます」と挨拶をすると、やっとみんなの注意が集まり、子供たちは元気に挨拶をした。

先生の話が終わると、花梨にマイクが渡されたので花梨は元気に「私が、今日みんなと一緒に京都に行くガイドの金井花梨と申しまして、運転手は鎌田圭太です、宜しくお願いします」と挨拶をした。

その後、子供たちは殆ど聞いていないのだが、花梨も負けずに一生懸命観光案内をつづけて話していると、横から鎌田が「適当に」と小声で言った。良く見ている人ねと、花梨はこの時初めて鎌田に好感を持ったのだった。

妊娠

花梨は昼の休憩の時、圭太の後ろに回って「お疲れ様です」といきなり肩を揉み始めた。花梨にはごく普通の事と思っていたが、女性に肩を揉んでもらったことが無かった圭太にとっては驚きと共に大変うれしい心に残る出来事になった。

バスが清水寺の駐車場に到着して子供達が降りると、花梨は子供達を引率して清水寺に向かった。

一人残って暇になった圭太は、バスを降りると土産売り場を見て歩くことにした。

圭太はこの時花梨にプレゼントを買おうと思ったのだ。ある店でふと招き猫の置物が目に留まりそれを買うことにした。

日帰り観光が終わり子供たちを学校に送り届けた後、圭太は「これ、可愛いので、買っちゃった」と恥ずかしそうに昼間買った招き猫の置物を花梨に手渡した。

「えっ、貰って良いの？」男性から物を貰う事がめったになかった花梨はとても嬉しく、また圭太を強く意識し始めた。

圭太も花梨のさり気ない行為を愛おしく感じてしまったので、それ以来二人の仲は急速に接近していったのだった。

その後、しばらくは圭太と花梨は仕事で一緒になることはなかったが、ある老人会の北陸山代温泉旅行で久々に一緒になった。

観光バス二台のツアーで、もう一組の乗員は仲の良い最上智子と運転手は今年五十八歳の芝崎さんである。

最上は予てから、二人が好意を持っている事を知っていたので、本来花梨と芝崎のペアだったのだが、気を利かせて交代してくれた。

この行動は最上のちょっとした遊び心だったのだが、それが二人を本当に結び付けることのなったのだから世の中何が起こるかわからない。

普通、観光バスの添乗員と運転手にはそれぞれ部屋が与えられて、男女二部屋が用意されている。

バスは午後の四時に旅館に到着すると、まずは大浴場で寛いでもらった後大広間で宴会が行われる段取りとなっていた。

したがって、四時過ぎには運転手とバスガイドたちはフリーになった。

このチャンスに花梨と圭太は申し合わせていて、私服に着替えると別の旅館に二人だけで宿泊するという大胆な行動をとったのだ。芝崎には智子が上手く理由を作って話してくれていた。

この夜、二人は初めて結ばれた。部屋では花梨は圭太の足の爪を切って、靴下を履かせるなど、自分が見て育った両親と同じ事をしたまでなのだが、圭太にとってはこの花梨の行動が甲斐甲斐しく感じられ、すっかり惚れ込んでしまった。

花梨と圭太はこの時を境に公然と付き合いを始め、急速に結婚に近づいて行くのだった。

鎌田の家は圭太が長男で、姉が一人いるが既に嫁に行って実家では両親と圭太の三人で暮らしている。

時を経たずして具体的な結婚話になったが、花梨は両親との同居は嫌であった。

しかし、鎌田家では同居を望んでいた。それは、父親の健司は既に定年になり年金生活だったので、圭太が入れてくれるお金が家計の助けになっていたからだった。

交際三ヶ月目に圭太は花梨を自宅に招くと、両親はお昼の食事には近くの寿司屋から特上にぎりを注文するなど至り尽くせりのサービスをして花梨を歓待した。

これには花梨は悪い気はしなかったが、同居となるとそれ程大きな家でも無いのに、絶対に嫌だと頑なに拒否をしていた。

しばらくして、同居を考えると憂鬱になる花梨は、結婚を諦めようと考え始めたが、なんと妊娠していることが判ったのだ。

家族に知られる前に結婚か？　堕すかを迫られる事になってしまった花梨は、いち早く圭太に知らせて何とか打開策をと相談したが、逆に圭太はその事を自分の両親に伝えてしまっていた。

すると圭太の両親から、花梨の思いとは裏腹に「子供を産みなさいよ！　私達が面倒見るから、花梨さんは勤めを続けていいから」と言われてしまった。

産休で休んでも仕事を続ければ収入も増えるし、同居で家計も楽になると鎌田の両親は考えたのだ。

その上勤めている観光バス会社に、花梨の妊娠の噂を吹聴して、二人の結婚と出産の筋書きまで作ってしまった。

花梨は自分の妊娠が社内に知れ渡ってしまった上に自分の両親にも知られることになり、中絶も出来なくなって、とうとう圭太と結婚をしなければ収拾が付かない状況に追い込まれた。

勤め先の観光バス会社は、ガイド不足もあり、経験の有る可愛い花梨が退社されると困るので結婚を後押しした。

結局妊娠五ヶ月で挙式を行い、花梨は圭太の実家に同居することになってしまった。

しかし、同居をすると圭太の両親は手の平を返した様に何もしてくれなくなった。二人の部屋は二階の六畳と四畳半の二部屋を与えられたが、階下には圭太の両親が生活しているので、花梨は気が休まる暇もなかった。

「これなら、子供が生まれたら両親に預けて、仕事に行った方が楽だわ」と圭太に愚痴をこぼすと、「それが良いよ、親父もお袋も子供を預かればそれが暇つぶしになるからな」と言い出す始末である。

両親まだ六十代と元気なので、いつまでこの息苦しい生活を続けることになるのだろうかと、花梨は思い悩むのだった。

花梨の結婚後三ヶ月して実家の兄も結婚すると、近くのマンション引っ越し、夫婦水入らずの生活を楽しんでいる。

それに比べて、花梨は大きなお腹を抱えているのに、圭太の両親には「貴女の様に小さい子は、難産になりやすいから、妊娠中によく運動する方が安産になるからと」と自分たちに都合の良い話をして花梨に炊事、洗濯をさせた。花梨は日ごとに不満がたまって来るのが自分でも判った。

圭太は圭太で以前のような優しさもなくなり、妻は妊娠中なのに、遠出の仕事の時は羽を伸ばして遊んでいたのだ。

この頃から温泉地などに行くと同僚と飲みに出かけて遊ぶ癖が始まっていた。

その後、両親の言う炊事や洗濯で身体を動かしたことが良かったのかどうかは判らないが、花梨は安産で長男宏隆を出産した。圭太の両親は、内孫の跡継ぎができたと大喜びで、その可愛がり様は半端では無かった。おまけに孫を独占したいがために花梨が仕事に復帰するのを急がせた。

観光バスガイドに復帰した花梨だが、職場では夫婦が同乗することは認められておらず、圭太と一緒の仕事に付くことはなかった。

その為圭太は花梨の目が届かない温泉街などの出張先では、飲み屋での遊びが徐々に大胆になっていった。

小遣いは少ない圭太であったが、運転手仲間が競馬とか競艇をするのにつられて、つい遊び心で参加したところ、思わぬ大穴を当てたのだ。花梨にも両親にも内緒の大金を掴んだ圭太は、更にその金で賭けたＧ１レースでも当たって、一気に温かい懐具合に変わったのだった。

地元とか自宅近辺ではお金を使わない圭太だが、観光地に行くと人目が無いので、はめを外して遊ぶことができたのだ。

運転手仲間には判らない様に気をつけながら、遊ぶスリルも楽しんでいたのかも知れなかった。

恐い関係

圭太は意外とケチな性格で、人には中々ご馳走しない。

ギャンブルで儲けたお金はこっそりと貯金をして、家族に判らない様に使っていた。

というのも両親もケチな性格なので、持っている事が判ったら忽ち没収されてしまう危険が有ったからだ。

この時隠していたお金がなんと八百万も有ったのだが、そのことを家族が知ればさぞかし驚いたことだろう

だがこのへそくりがその後の離婚劇に繋がるとは、その時の圭太に判る筈も無かった。

数年後、息子の宏隆が、相変わらず祖父母に世間ではこれ以上の溺愛が無いと思われるほど甘やかされて育てられている中、花梨に待望の女の子が誕生した。

しかし、里奈と名付けられたその女の子は生まれながらに身体が弱く、喘息の持病を持っていた。

圭太は花梨の妊娠中も里奈が生まれてからも、相変わらず羽を伸ばして遊び続けていた。

祖父母は孫の宏隆を長男なので可愛がるが、長女の里奈には全く興味を示さず面倒も見てくれないのだった。

その為、花梨は里奈の出産の為一時はガイドの仕事を休職したが、そのまま里奈の育児に専念するため退職することに決めたのだ。

両親は収入が減るので最初は花梨の退職に反対していたが、里奈の面倒は見たく無いのでやむなく花梨の退職を認めた。

収入が減ったので圭太は小遣いを減らされたのだが、別に苦にする様子も見せなかった。それで家族からは一見真面目に働いている様に見られていた。

花梨は、祖父母に甘やかされる長男や、持病を持っている長女にひと時も目を離せない状況になっていたので、圭太の行動までは注意が及ばない。

そんな花梨の状況にも拘らず、圭太は旅先での遊びだけでは物足りないのか、近場でもちょくちょく遊ぶ様になっていた。しかし、圭太の懐は相変わらず暖かい。

圭太はギャンブル運が有ったのか、時々買うＧ１レースはことごとく当てて貯金は殆ど減らなかったのだ。

花梨は圭太と同じ職場だった時は、圭太がいつ出張でいつ非番なのか、また彼の隠れた行動まで筒抜けで判ったものだが、職場を離れて三年も経つと殆ど判らない。

やがて花梨の知り合いも結婚とかで退職してしまうと、いよいよ今では圭太の行動は全く分からなくなっていた。


ある日圭太は、バスの運転手の飲酒の問題がクローズアップされて社内規則が厳しくなった折、前日遅くまで飲んでいた同僚が運転できなくなったことがあり、急遽代わりに広島まで運転することになった。

この臨時の仕事が、圭太の新たな遊びの火種となるのだった。


広島の仕事が割と早く終わった圭太は、いつもの遊び心が湧き出て会社近くのスナック「千歳」に行って飲むことにした。「千歳」のママは北海道生まれの二十九歳で圭太の好みのタイプだった。

その店が気に入った圭太は、それ以来日帰りの仕事の時は必ず立ち寄る様になった。

ある夜圭太は酔った勢いで自分では覚えていないが、ママに臍繰りの話を思わずしてしまった。

赤城清美と云うママは、これはと思う金がある客には肉体関係を持ち、とことん吸い尽くすまで離さない女で有名だったが、そのことを圭太は知らなかった。

従業員には色気のある若い女性を数名入れると、交代で配置させ、客の取り込みにも余念がないママだ。

圭太はママの事も気に入っていたが、他の二十前後の可愛い女性達にも興味があり、この店の常連になっていた。


結婚十年目の春、この時圭太は四十歳、花梨三十三歳の二人に悲劇が徐々に近づいていた。

花梨は相変わらず娘の世話と家の掃除、洗濯、家事に追われる毎日で、当然ながら圭太の事は疎かになっている。

宏隆は完全にお婆ちゃん子に育ち、小学校の参観にも当然のように祖母の智己が行く。

圭太の帰りは、日帰り運転の日も泊まりの日も殆ど区別なくいつも十二時前なので、夕食はお茶漬けかおにぎりといった状態が毎日続いていた。

毎日遅く帰る圭太に花梨が心配して尋ねても「仲間に仕事終わって飲もうと誘われる」と圭太は答えるだけでこの習慣は変わらない。

翌日に残らない程度の飲み方をしなければ、運転業務停止にはならないと言っては相変わらずほぼ毎日飲んでいる圭太である。

とは言え、花梨は里奈の入院に付き添いで、自宅を留守にする事も多い為、圭太が早く帰って来たとしてそう構ってもいられないのだった。

花梨としては、圭太に小遣いを少ししか渡してないので悪い遊びはしないだろうと心の中では安心していた。

時々はお客様からチップを貰うこともあるが、最近はチップをくださるお客も少なくなっているので殆ど小遣いはないと考えていた。


そんなある日のこと、いつものように仕事を終えてスナック「千歳」に圭太が足を運ぶと、店は暇でお客は誰もいなかった。

ママの清美が「今夜は暇だわ、何処かに遊びに行かない?」と圭太を誘って来た。

「何処に?」急に誘われて驚く圭太。

「食事まででしょう?」

「そうですが？」と答えると、すぐさま「行きましょう」とママに手を引かれて二人は商店街に向かって歩きだすと、お客が少なそうな焼き鳥屋を見つけて入っていった。

しばらく飲んでいるとほろ酔い気分になった清美は、圭太にふっと顔を近づけ「今夜は私がご馳走するわ」と笑顔で圭太を見つめた。

同じ様に上機嫌になった圭太は「悪いな」と言いつつも、この時もし清美に誘われたら迷わずホテルまで行ってしまうだろうと思った。

実はこのタイミングを清美は狙っていたのだ。

「今夜は、このまま何処かに行きたいわ」の清美の一言で、圭太は迷わず家に電話をすると「今夜急に夜行バスの運転を頼まれたので、帰りは明日になるよ」と父健司に伝えた。

花梨はいつものように里奈の付き添いで病院にいて、母は宏隆と楽しく遊んでいるので圭太が帰らなくても全く支障は無い。

そのまま二人はタクシーに乗り込むと運転手に郊外のラブホテルに向かうように言った。

清美はこれまで何度となくこの方法で、お金を持った客を陥れてはとことんまで吸い尽くしてきている。

別にお金をうばい獲るわけではないが、店に毎日の様に通わせては高価な酒をキープさせ、ゴルフに誘ったり、温泉に誘ったりと自分の遊び相手をさせるのだった。

清美は清楚な感じの綺麗系の女性で圭太の好みのタイプだ。

ラブホテルのベッドでも、上手に艶技を演じて持ち前のテクニックで圭太を虜にした。

圭太は、花梨よりも若く、長身でスタイルも良くて、さらに艶技も上手な清美にすっかり嵌ってしまったのだ。

この日を境に、清美と圭太は月に二回はラブホテルに行く関係になり、時には出張の無い日も家には嘘をついては頻繁に会う様になっていった。

付き合い始めて数ヶ月後のこと。清美はぽつりと「圭ちゃん、私ね！　お店変わろうと思っているのよ」と圭太に言った。

「今の店では駄目なの？」と尋ねる圭太。

「今はカウンターと、四人座れるテーブルだけだもの、団体を受け入れられないでしょう？」

「そりゃ、そうだが？　高いのだろう？」

「丁度、新町ビルに空き家が出来たのよ、あそこならカウンターとボックスで二十人は入れるのよ」

「ここより相当広いな」

「それでね、敷金を助けて欲しいの？」と清美の強請が始まった。

この頃になって漸く里奈の病気も改善が見られてきたので、少し手を離されるようになった花梨は圭太の行動に目を向け始めた。

新店

年金暮らしの両親、バス会社に運転手として勤める夫、十一歳の長男宏隆、七歳の長女里奈と花梨を合わせて六人の家族にとっては、現在の家では狭く窮屈になっていた。

二階では花梨は具合の悪い里奈と一緒の部屋で寝て、隣の部屋では圭太が一人で寝て、一階は祖父母と宏隆が一緒に寝る習慣が続いている。

お風呂は一つしかないので共同で使っており、全員が揃ってしまうとたちまちラッシュアワーになる。

花梨は、里奈が生まれてからは一度も夫とのＳＥＸは無かった。

この窮屈な生活に耐えかねていた花梨は、ある日「子供も大きくなったから、そろそろマンションにでも引っ越さない？」と圭太に相談した。

「あ、そうだな」と圭太は曖昧な返事をする。今の圭太の頭の中は、清美から相談されたお金のことで一杯になっていたのだ。

それから数日後、いつものようにラブホテルに入った二人。

圭太は先日から気になっていたので思い切って「清美、幾ら必要なの？」と清美に聞くと、「圭ちゃん、出してくれるの？」と清美は喜んだ声で言う。

元々お金を持っている事を知っている清美は、圭太は今でも最低五百万程度は隠し持っていると思っていたから「二百万程よ、設備は総て揃えてくれるから、安いかも知れないわ、儲かったら直ぐに返すから安心してね」と微笑んだ。

その笑顔につられた圭太が「それなら、出してやるか」と言うと、直ぐに「嬉しい、圭ちゃん！好きよ」と清美は圭太に抱きつくと、そのままベットにもつれ込みいつも以上に大袈裟に艶技を見せて圭太を喜ばせた。

清美は遂に手に入れたと心の中で絶叫しながら抱かれていた。

休日の昼間に、圭太は清美と新町ビルの店を見に行った。

賃貸不動産の営業マンに案内されてそのビルに入ると清美は「ほら、圭ちゃん広いでしょう？」と嬉しそうに言う。

「ほんとうだ、天井も高いから、大きく見えるな」と圭太も言うと、営業マンがカラオケ機器の操作を行い、曲を鳴らし始めた。

「いい音でしょう？」と圭太に聞かせる。

「今の店とは、設備が違いますよ、最新式ですよ」と営業マンは得意顔で言う。

二人が上機嫌で新町ビルを出て来た時、丁度銀行から出て来た花梨が二人を目撃したのだ。

「あっ、圭太！」と思わず口走ると、乗って来た自転車を押して尾行を始めたが、圭太たちは、少し離れた場所のコインパーキングに止めていた赤い車に乗り込むとすぐさま走り去ってしまった。

ナンバーを必死に覚える花梨の前に、先程のビルから営業マンが出て来た。

花梨はこの男が二人の事を知らないかと「すみません、先程ここから出て来た二人は？」と尋ねた。

「あっ、募集に来られた方？」と逆に尋ねられたので「はい」と訳も判らずに答えると「連絡先、教えましょうか？」と営業マンは言った。

花梨はもう一度そのビルを振り返ると、掲示板の様な場所に「カウンター嬢募集！　近日開店千歳」と書いてあるのが見えた。

営業マンは連絡先を紙に書いて花梨に渡すと「働きやすそうな、感じのいいママですよ」と言って歩いて行った。

花梨は慌ててその後ろを追い掛けて「一緒の男性は？　御主人ですか？」と尋ねた。

「違いますね、スポンサーの方ではないでしょうか?」と微笑む。

花梨はお辞儀をすると、自転車を押しながら「スポンサー?」と独り言を言いながら、呆然と歩いて帰るのだった。

圭太は昼食が終わると、今日は友人と出かけると言って出て行ったはずである。

スナックのママとデート? 「千歳」の連絡先と住所を書いて貰った紙がくしゃくしゃになる程握り締めたまま自宅に戻った花梨。

自分は自宅の家事と里奈の世話で手が一杯で圭太に目が向いてなかった事を良い事に、夫は浮気をしていたのだと決め付けていた。

花梨はしっかりと証拠を掴んでから、懲らしめてやろうと思った。

しかし、その日の夜はそれどころではない出来事が起こり、花梨は実家に飛んで行くことになったのだ。

父の金井敏之が、心臓発作で倒れたとの知らせが入ったのだ。

父はそのまま息を引き取ってしまい、一夜にして悲しみに包まれる金井家に変わってしまった。

悲しみの祭壇には花梨酒の好きだった父を偲んで花梨酒の瓶が奉られた。

元々気管が弱いと思っていた父は、気管を強くすると聞いて飲み始めた花梨酒を生涯飲み続けていた。

父の葬儀は兄康一の嫁登美が仕切って行われたが、それからは、金井家は兄夫婦が実権を握ってしまい、母久美子は居候の身の様に変わってしまうのだった。


花梨が元の生活に戻ったのは、父の葬儀から十日後であった。

ようやく落ち着いてくると、急に圭太の事が気になりだしたので、ある夜、自転車で「千歳」を探りに行った。

酔っ払いがうろうろしていて、時より花梨を見て「何処の店？」と尋ねて来る男もいる。そのような不愉快な思いをしても、花梨は諦めずに「千歳」の入っているビルの前でじっと様子を窺っていた。

しばらく待っていると、圭太が向こうから女性と二人で歩いてくるのが見えた。

近づいてきたので顔をよく見るとやはり先日の女性である。二人は楽しそうに、話をしながらビルのエレベーターに乗り込んで行った。二人は何処かで待ち合わせをしていたのだろうか？　その女のものと思われる一袋の荷物を圭太が提げていた。

翌日から三日間、圭太は老人達の四国八十八カ所バス旅行の仕事だと話していたので、花梨はその間に一度店を見に入ってやろうと考えて、その夜は腹立たしさを抑えて帰ることにした。

翌日になり花梨は早速「千歳」に向かった。

花梨は七時にビルに到着したが「千歳」がまだ開店していないので、開店していた隣の店に「千歳」の様子を聞こうと思いその戸を開けた。

三十代後半の花梨より少し歳上の女性が「いらっしゃいませ」と絵顔で迎え入れた。

花梨はビールを注文するなり早速「隣のお店は何時からですか?」と尋ねた。

「八時からだと思うわ、ママが来るのはもう少し遅いかも? 面接に来たの?」と言われたので、おそらく千歳の新店の事を知っていると思い「新しい店にはいつから引っ越されるのでしょうか?」と尋ねた。

「来月じゃないかな?」

「今度のお店は大きいのですか?」

「店の女の子が今より大きな店になると話していたわ」

「結構繁盛されているのですね?」

「隣は若い子を置いているからね」と言ったが、花梨を見て「今度はもう少し年配も置くのね」と少々失礼なことも何気なく言うのだった。

「隣のお店の常連さんって若い人が多いのですか?」

「そうでもないわ、年配の男もみんな若い女の子を目当てに来るから、結構爺も来ているわよ」

「ママさんやり手ですね、店を大きくするなんて」と言うと、薄ら笑いを浮かべて「あれを、やり手と言うならやり手でしょうね」馬鹿にした様に言った。

「あれって?」と不思議そうに尋ねる花梨。

「ここだけの話だけれど、男を銜え込むのが上手だって噂ですよ」と小声でにやけた笑い顔をして話す。

この女はその後も良い話は殆どしないので、余程隣の店に妬みを持っていると思いながら話を聞いていると「最近も四十過ぎの男を銜え込んで、店を大きくしたって噂よ」と言ったのだ。

それは圭太の事だと思った花梨は、何も言わずに飲めないビールを一気に飲み干した。

迫る危機

八時になっても誰も客が来ないので、花梨は二本目のビールを注文してその女にすすめた。

その女は益々悪口に拍車がかかり「躰で男を釣るのは、昔かららしいわ!　巻き上げてしまうと終わりで、もう相手にもしないらしいわ」と僅か二杯のビールで言い難い事を次々と話し出したのだ。

花梨が就職するのを邪魔してやろうとの魂胆が、見え隠れする程の悪口の連続だ。

時計を見た花梨は、そろそろ出ようと勘定を済ませると「悪い事は言わないから、就職は辞めた方が良いわよ」とはっきりと言ったのだった。

花梨はその女にお礼を言って店を出ようとした時、丁度酔っ払いの常連が入ってくるのに出くわした。その常連は「おお、新しい子か？」といきなり花梨の手を触ってきたのだ。

驚いた花梨は身の毛がよだつのを感じると、激しい口調で「違います」とその男の手を振り払うなり慌てて店を飛び出した。

こんな店に来る客はろくな男じゃないと思った花梨だが、勇気を出して目的の「千歳」の戸を開けたのだった。

笑顔で「いらっしゃい」と二十代後半に思われる綺麗系の女性が花梨を招き入れた。

店が開いて間もなかったがカウンターには既に二人の男座ってビールを飲んでいた。

女が急に「面接？」と花梨に聞いた。

ここでも同じ事を聞かれたので腹が立った花梨は「何の事、失礼な人ね」と言わんばかりの怪訝な顔をした。

すると女は急に揉み手になって「すみません。新店の応募なのかと思いまして、すみません」と謝りながら注文を尋ねた。

ビールが苦手な花梨は「チューハイレモン下さい」と店員に伝える。

しばらくして、チューハイを持って来て「ごめんなさい、応募が多いので」と再び謝った。

花梨は「新店出されるのですか？」と尋ねた。

「そうなのよ、新町ビルに良い物件が出た様で、変わるみたいよ」とその女が言った。

その女がママさんかと思っていた花梨は「ママさんでは？」と言うと「ママに見えますか？」と言われた。

花梨が「はい、てっきりママさんかと思いました」と言うと、女は上機嫌になって「ここだけの話だけれど、ママの様な事は私には出来ませんよ」と小声で言った。

小声で話しても聞こえたのか「アキ！　俺達常連だけれど、一度も拝まして貰えてないぞ！」とカウンターにいた二人の客がこちらを向いて笑った。

相当酔っている様に見える。

その女はアキと呼ばれているが、どうやらママの事を軽蔑している様である。

花梨はこの女は、情報を聞き出すのに使えると思ったのだが、しばらくして三人の客が入って来たので、一杯だけで終わらせて「また来ます、アキさんでしたね、話が合いそうなのでまた来ます」と笑顔で言った。

アキは「私、水曜、金曜が早出なの。ごめんなさい！　混んじゃって」と謝ると、二千円で良いからと微笑んだ。

一杯二千円のチューハイは、決して安いとは思わないが、まけてくれたのだろうと思う花梨。

「ネーちゃん！　帰るのか」と今入って来た酔っ払いが、花梨の後ろから言葉を浴びせる。

花梨は背中に鳥肌が立つのが自分でも判った。

「スナックに来る連中は、馬鹿の集まりだろう？　こんな人間は屑だ！　こんな人間は最低だ！」と念仏を唱える様にスナックビルを後にした。

帰る途中に「圭太が何故？　お金を持っている様に見えるのだろうか？」と考え込む花梨だった。

花梨はアキが教えてくれた金曜日に、再び「千歳」を訪問して、圭太の事を探り出そうとしていた。

もし、今夜圭太がここに現れたら大喧嘩をして離婚になるだろうか？　今日は遅い時間に帰って来ると圭太から聞いてはいたが、それは「千歳」に立ち寄るからかも知れないと思った。

その様な事を考えながら、八時丁度に花梨は店に入った。

店に入るなり「いらっしゃい」とアキの声がした。アキは花梨を見ると嬉しそうな顔をした。

「もう少し詳しく聞きに来たのね、やはり就職を考えていたのね」とアキは勝手に解釈して言った。

花梨はそれには答えず「チューハイレモン下さい」と注文すると「今度の新しいお店も誰かに出して貰ったのですか？」と尋ねた。

「そうよ、勿論出してもらったのよ。誰かと言われてもどんな仕事をしている人かは知らないけれど、圭ちゃんって呼んでいるわ」と話した。

「どんな感じの人？」

「ただのアホだわね！　金巻き上げられたら捨てられてしまうことも読めないからね」

「どうして？」

「元々のお金持ちは、ママには引っかからないわよ。大体会社を途中で退職した男とか、ギャンブルで大穴当てた男が引っかかるよね」

「圭ちゃんって男は？　どちらのタイプ？」と尋ねてみる。

「ギャンブルね、退職金貰える年齢ではないからね」と笑うと「私も一杯貰っても良い？」と花梨にねだる。

アキは花梨に奢らせたチューハイを作りながら「相当ギャンブルで儲けたと思うわよ」と微笑みながら言った。

花梨は圭太から今まで一度もギャンブルの話を聞いたこともなかったので「そうなの？」と不思議な表情を浮かべた。

「ママさんは、今夜は何時頃に来られるの？」と花梨が尋ねと「面接受けるの？」とこれ程話しても勤める気なのかと思ったアキは呆れた顔つきをする。

「違うわよ、アキさんがママさんの事をもの凄く言うから、見てみたくなったのよ！　働かないわ」と微笑むと「でしょうね」と言って安心した顔でチューハイを飲み干した。

「ママは今夜多分デートよ、彼が出張から帰るからね。お金出して貰ったからサービスするのよ」と微笑む。

花梨にはその言葉があまりにも衝撃過ぎて「えー」と思わず顔をこわばらせた。

「どうしたの？　恐い顔して」とアキに聞かれて、花梨は取り繕うかのようにアキにもう一杯勧めた。

「じゃあ、今夜は来ないの？」

「売り上げは見に来るわ、金曜日だからね！　でも今日は暇ね」

花梨はアキと連絡先の交換をしておけば、役に立ちそうに思い、アキから名刺をもらうと、自分の連絡先と実家の名前を書いた紙を渡した。

幸いアキは名刺に本名を書いてないので、自分も適当に実家の名前を書いても悪くはないだろうと思った。

アキの本名は本郷晶子で、昼間も仕事をして子供二人を育てており、離婚三年目だと教えてくれた。

「旦那さんがいるのに、一人で飲みに出たら駄目よ」とアキが笑うので「もう、駄目かも知れないの」と答えると「子持ちの生活は大変よ」と深刻そうに言った。

その時、五人の団体が入って来たので花梨は勘定を済ませて外に出た。

今夜は金曜日なので先日に比べて酔っ払いが多く、花梨に「何処の店？」と尋ね男が何人もいた。

花梨は思わず「酔っ払い！」と大声で怒鳴って、お前達は普通の人間じゃない、屑だ！　と心で叫びながら自転車を飛ばして歓楽街を走り去った。

その日圭太が自宅に帰ったのは深夜の一時を過ぎていた。

あの女とラブホテルに行ってきたのか？　汚らわしい。自分は子供の世話と家の家事をして、忙しくしている間に女を作って遊んでいたのか？　と考えると目が冴えて眠れない。

花梨の気持ちも知らずに圭太は鼻歌を歌いながら、トイレに行ってから自分の部屋に入って行った。

いつ切りだして驚かせるか？　はらわたが煮えくり返っている花梨。

運命の時は刻一刻と近づいていたのだった。

祝開店

圭太の物音に気付いた祖母が「圭太、遅くまでご苦労さんだったね」と、階下から労いの声をかけた。

それを聞いて花梨は「アホか！　馬鹿親子！」と小さく口走る。

今度は息子の宏隆が起きたのか、寝惚けた声で「パパ、お帰り」と言っている。

呆れる花梨は、宏隆が母親参観とか家庭訪問の時には先生から気の弱い子に育っていると言われて、それは祖父母の甘やかし過ぎが原因だと思っている。しかし、祖父母の可愛がり方は一向に変わる事は無かった。

数週間後、スナックビルの「千歳」は閉店して新町ビルに引っ越すと、翌週には華々しく開店の日を迎えた。

勿論、開店祝いに圭太は花を贈っている。圭太以外の常連さんや業者からも送られた胡蝶蘭の鉢植えが多数あり、高価な香りを漂わせて店内を飾っていた。

今宵の開店は七時半に繰り上げていた。多勢の客をさばく為、知り合いの店から助っ人の女性も投入してもらい万全の準備を整えている清美ママはご満悦だ。

いよいよ開店し、アキも張り切って常連客を上手にさばいているが、心の中はママに対する妬みと嫌悪感が燻っている。

「本日は、奇しくも私の誕生日と重なりおめでたい開店日となりました。今後ともお引き立ての程よろしくお願いします」と挨拶をした清美ママ。

多勢の人が「おめでとう」「開店も誕生日もおめでとう」と祝福をする。

しばらくして、誕生日を祝う歌が流れだすと、再び「清美ママ、おめでとう」「誕生日おめでとう」の声が常連客から聞こえる。

シャンパンが配布されて、「乾杯」「乾杯」と祝福の嵐に、清美は満面の笑みだ。

その近くに、微笑みながらシャンパングラスを飲み干す圭太の姿があった。

この清美の微笑みの為に、結局圭太は三百万以上のお金を吸い取られていたのだ。

その後、乏しくなった蓄えを増やそうと、再び圭太はギャンブルに投資したのだが、全く当たらずにピンチになっていた。

圭太は開店資金の三百万以外にも、清美との遊びにも数百万を使っている。そのせいで圭太がピンチになっているのを清美は既に察知していて、今夜を機会に圭太とは別れる準備に入っていたのだ。

圭太は、小遣いが底をつくのは時間の問題とは自分でもわかっているが、今まで費やしたので清美には大事にして貰えると思っていた。

それから数週間後、小遣いが底をついた圭太は母親の智己に「お金無いか?」とダメもとで切りだした。しかし「有る訳無いよ、年金生活で宏隆の服も買ってやれないよ」と言われてしまった。

圭太は既に清美の店に五万の付けがあり、それを払わないと困るわと清美に言われていたのだ。圭太は「敷金出してあげたのは、俺だ」と言うが「それはそれ、これはこれ、返済はするわ!まだ数週間だわ」と簡単に断られてしまい「千歳」に行きたいがお金がない圭太は困り果てていたのだった。

それを知った晶子から花梨に「もうあの男捨てられたみたいだわ、新しい男は役所の課長だった男だわ」と嬉しそうに電話をかけてきた。

余程、圭太の失脚が嬉しかったのだろうと花梨は思った。

まさか花梨は、その捨てられた男が自分の亭主で、観光バスの運転手なのよとは言えないのだ。

金に困った圭太だが流石に花梨に小遣いの要求は出来なかった。子供の里奈にお金が必要な事は判っていたからだが、清美に会いたい気持ちは日に日に募るばかりだった。

翌週、圭太は付けを払う金も持たずに「千歳」に向かったが、清美に「駄目よ、付け払ってよ」と追い返されてしまったのだ。

やむなく圭太は遂にクレジットカードで、キャッシングをしてしまった。

その週末圭太はさっそうと店に行くと、清美にお金を突きつけて「これで良いだろう?」と言った。しかし、新しいカモを見つけた清美は圭太の事はもはや眼中には無く「圭ちゃん、今夜は行けないわよ、せ、い、り」と耳元で囁いた。

今夜は役所を退職した建築課の課長小柳が来る事になっていたのだ。小柳は退職金を貰って、嘱託の様な形で退職後も役所で働いている。清美はこの小柳の退職金を狙っていたのだ。

清美は早々と小柳の調査を終えていた。小柳は娘が二人いるが二人共嫁いでおり、妻を昨年癌で亡くして、今は寂しく一人で過ごしているのだ。

小柳は殆ど毎日の様に居酒屋で飲んでは、その後に時々「千歳」に来る様になっていた。勿論、清美が居酒屋でモーションをかけたのだった。

カモには敏感な清美は、絶えず自分のカモになりそうな男には神経を尖らせている。

その夜、小柳課長は清美の毒牙に引っかかったのは言うまでもない。

圭太は、その後も清美とラブホに行けない状況が続いた。

清美は三回かわせば、圭太はお金が続かない事まで計算している。圭太が店に来ると若い女の子達に相手をさせては「圭さん、ソフトドリンク」「私は梅酒」「私も、ウーロン茶」と彼女らに強請らせてお金を巻き上げると、清美の計算通り圭太の懐は直ぐに底をついたのだった。


一ヶ月が瞬く間に過ぎて、花梨の元にクレジット会社からの請求書が届いた。

仕事先での急な出費に備えて持っているカードだが、明細にキャッシングの文字がある。

花梨は圭太の帰りを待ち構えて、帰ってくるなり圭太の目の前に「これは？　何？」と請求書を差し出した。「あっ、それは仕事先で急に……」と口籠もる圭太。

「二十万も何故必要なのよ？　何も聞いてないわよ」と声のトーンが上がる花梨。

今までは自分で儲けたお金で遊んでいたので花梨も何とか我慢をしていたが、遂に家計に手をつけた事で我慢の限界を超えたのだ。

圭太はカードで借りたお金で「千歳」の借金を払い、さらにギャンブルで一儲けして返済しようと目論んだが、当然ながら失敗していたのだ。

「貴方が、何処でこのお金を使ったか知っているのよ！」と言う花梨の言葉に圭太は青ざめる。

「ど、どこのことだ？」と言葉に詰まりながら言う圭太。

「新町ビルの千歳ってスナックのママに、入れあげたでしょう！」と遂に我慢の限界を超えた花梨は怒鳴った。

唯ならぬ空気に、子供達も両親も声も出せず唯々聞き耳を立てている。

「幾ら使ったの？　始めはへそ繰りで、遊んでいたのよね」と強い口調の花梨。

「………」無言の圭太。

「新しい店の敷金まで出したのよね！」

「………」花梨の言葉に声も出ず、何故その様な事を知っているのだ！　と驚きの表情の圭太。

離婚

この日を境に二人の会話は完全に消えて、関係は悪化の一途になっていった。

勿論、圭太のカードは没収され、小遣いも減額されて借金の返済に廻された。

圭太は「千歳」のママに連絡を取って貸した敷金の返却を要求したが、問答無用に断られてしまった。

花梨が圭太のその後の様子を窺おうと晶子に電話をすると「完全に剥ぎ取られて捨てられたわ」と笑って「馬鹿の見本の様な男だったわね」で会話が終わった。

花梨はその後も晶子とは幾度と連絡を取った。それが花梨の運命もかえてしまうことになるのだが、それはもっと後の事である。


数週間後、花梨は義理の母智己から「花梨さん、貴女圭太と口も利かない様だけれど、いつまで怒っているの?」とたしなめる様に言われた。

「お母さん、夫婦の事に口を挟まないで下さい」と強い口調で言い返す花梨。

「お金を稼いでいるのは、息子よ！　息子がお金を使ったと言って怒るのは筋違いじゃないの?」

「誰も、お金を使った事に怒っていません！」と花梨は恐い顔になった。

「じゃあ、何よ」と智巳も強い口調となる。

「圭太さんは、女に使ったのです、それも何百万も、違うわ！　一千万以上です！」と叫ぶ様に怒る花梨。

すると智巳は「えーーー、一千万！」と腰を抜かしそうな声で驚いたのだった。

その日の夕方、もう、この家には暮らせないと決意した花梨は、鞄に荷物を詰めると里奈を連れて出て行くことにした。

それを呆然と見送る祖父母に「宏隆の事はお願いします」と言い残すと学校から戻っていない長男宏隆を待たずに出て行った。

何処にも行く当ての無い花梨は、母のいる実家に戻った。

急に花梨が戻ったので驚いた久美子は、事情を聴くため取り急ぎ自分の部屋に招き入れた。最初は落ち着いて話していた花梨だが、話しながら徐々に感極まったのか泣き始めた。

傍らでぼんやりと母の姿を見ていた里奈だが、花梨が泣き始めたので怯えたように久美子の側に寄り添った。

ひと通り事情を聞いた久美子は「困った圭太さんだね、どうするのよ?」とこれからを案じて心配して言うと、「今日、お母さんにも話してしまったので、居辛くなって」と再び花梨は泣き崩れた。

「お父さんが生きていたら、帰っておいでと言うだろうけれど、今は私も居候だからね」と久美子が花梨を諭す。

「今晩だけ、泊まって明日は帰りなさい」と言う以外に久美子には術が無かった。

この異様な空気を感じた兄嫁の登美は、隣の部屋から聞き耳を立てて二人の会話をすべて聞いていた。

その頃鎌田の自宅には、母から連絡を受けた圭太が仕事を早く終えて帰っていた。

「圭太、どうするの？」と母親が心配して言うと、「もう、無理だよ」と圭太は簡単に答えた。

「お前が浮気して、女にお金を貢いだのだろう？」と尋ねたが、圭太は「里奈が生まれてから、既に俺達は上手くいって無かった」と浮気の事には触れずに答えた。

「怒っていたから、もう帰って来ないかも知れないね」と投げやりに母が言った。

しばらくして圭太が「俺はもう無理だと思う」と言うと、「そうだね、私も始めから無理だと思っていたのよ、最初から同居嫌っていたからね」と母も離婚に賛成の立場になっていた。

「宏隆は大事な跡取りだから、絶対に渡すなよ」と父も離婚を決めていた様に口を挟むと、宏隆を見て「宏隆も、お婆ちゃんのお家が良いだろう？」と言うと「お父さんとお母さん別れるの？」と宏隆は哀しそうな顔をした。

鎌田の家では宏隆の気持ちを汲むことなく、三人で話し合った結果は、里奈は病気を持っていて面倒を見るのが大変だから、一緒に追い出すという事になったのだった。

「養育費として百万も払えば充分だ」と言う圭太に、母も「だって蓄えは無いので払えないわよ」と言って考えは一致した。

どうせ花梨は実家に転がり込むだろうから、それで充分だと三人とも思っているのでそれ以上話し合うことはなかった。

翌日鎌田に戻った花梨に、圭太の両親は「荷物を取りに来たのか？」と言った。

さらに恐い顔で「早く纏めて出て行け」と義父が言うと、義母も「圭太も別れると、昨日話していたわ」と罵声を浴びせた。

花梨も負けずに売り言葉に買い言葉で「出て行きますよ！　宏隆、お母さんと一緒に行こう」と言った。

「馬鹿な事を言わないで、宏隆は鎌田家の跡取りです、渡せません」と言う義母。

宏隆は、花梨に「宏隆はどちらにするの？」と尋ねられたが、花梨の顔が恐かったので、祖父母の後ろに隠れてしまった。

仕方なく花梨は自分の簡単な荷物を纏めると「今日は帰りますが、協議をしにまた来ますので、よろしく！」と腹立たしく言い残すと、里奈を連れて勢いよく鎌田の家を飛び出した。

しかし、行く当てなどない花梨だった。

「お母さん、何処に行くの」と里奈の不安な顔を見て、花梨は実家の母久美子に電話で状況を話した。

今夜は実家に泊まりなさいと優しく言ってはくれたが、明日以降の心配が頭を過る。

一応通帳、印鑑などは持って出て来た花梨だったが、鎌田の両親は知り合いの弁護士にすぐさま手回しして、口座の凍結を依頼していたのだ。

その為、当日普通預金で引き出した十五万円しか当面のお金としては花梨には無かった。

おまけに実家に泊まった翌日には、兄嫁から一泊二泊は構わないが、長期は困ると釘をさされたのだった。

しばらくは何とか実家に泊まらせてもらったが、結局花梨は実家の近くのワンルームマンションに、久美子の蓄えたお金で入居した。

その後、花梨は鎌田の家から自分の荷物を運び込むと、離婚の交渉に入っていった。

交渉では圭太は養育費も、お金も全く花梨に渡そうとはしないのだ。困った花梨は、友人の紹介で離婚に詳しい人に会い色々とアドバイスを受けた。

その中のひとつで、給与の差し押さえが出来る事を聞いた花梨は、早速圭太が勤める観光バスの会社に行ってその交渉を行った。

しかし、経理の人間が悪気は無かったのだが、圭太にそのことを喋ってしまったため、その話に逆上した圭太が、その勢いで会社を退職してしまったのだ。

後日、花梨が会社に連絡をすると「鎌田さんは退職されましたので、給与の差し押さえは出来ません」と言われて呆然となった。

花梨は、久美子に学校から帰った里奈の面倒を夜までみてもらい生活の為に働きに出る事にした。

しばらくして、圭太が「退職金の半分百五十万を、養育費として支払う」と言って来た。

それは微々たる金額だったが、今の花梨には一円でも貴重なお金なので、これ以上離婚調停を引き摺っても仕方ないと割り切り、そのお金で離婚に同意することにした。

涙のクリスマス

圭太は両親には、退職金は総て花梨に養育費として渡したと嘘をついて残りは自分のものにしていた。

「どうするのだよ、仕事辞めてしまって?」と心配そうな顔をして母の智己が言うと、圭太は「給与を差し押さえられたら、生活出来ないから同じだよ」とふて腐れた様に返した。

「失業保険は直ぐには出ないだろう?」

「直ぐに就職するから、安心してよ」とは話したが、条件の良い仕事は中々無いのだ。

再び暇になった圭太はすることもないので「千歳」に再び通い始めた。

なるべく顔を会わさない様にしている清美に、晶子が「圭ちゃん、勤めていた仕事辞めたらしいですね」と話してしまった。

清美は直ぐに、店に再び現れたのは退職金が入ったと悟ると、早くもその金を狙おうと、自分から圭太に連絡をする。

清美の魂胆も判らない圭太は仕事もなく暇なものだから喜んで出向いていくようになり、再び清美の罠に填まったのだ。

ただし清美は既に小柳課長との関係が始まっていたので、圭太とラブホテルに行くときは悟られないように気を遣っていた。

里奈との生活を始めた花梨は、近くの工場での九時から十四時までのパートの仕事に就いたが、里奈の病院代で、圭太からもらった生活費はどんどん減っていった。

今までも年末のボーナスを貰っても、ギリギリの生活だったので現在のパートの収入だけではとても補えないのだ。

困った花梨は、近くの工場での年末迄の高賃金の期間パートの募集を見つけると、今のパートを少し休んでそこへ働くことにした。

年末のおせちとクリスマス商品のピッキング作業は、今のパートより時給が高いので、少しでも多く貰えれば里奈のクリスマスプレゼントを買って上げられると花梨は思った。

そんな自分が後々思い出しても悲しくなってしまう程、この時のバイトは辛かった。

一方圭太は、上手いこと清美に巻き上げられて、残した半分の退職金は「千歳」の遊興費と清美との遊びに使ってしまった。

そんな圭太の話を、昌子は面白可笑しく花梨に伝えて来た。

「本当に馬鹿よね、もう総て巻き上げられたわね」と笑い転げる晶子。

「そうなの？　馬鹿な男ね！」と本当に呆れた様に花梨は言った。

花梨は先月で既に三十六歳になっていた。

年の暮れの二十五日に給料を貰った花梨は、里奈に一日遅れのクリスマスプレゼントを買って里奈に渡した。喜ぶ里奈の顔を見る花梨の目からは涙が一筋流れ落ちた。

元亭主は退職金を飲み屋の女に吸い取られて簡単に捨てているのに、自分は子供のクリスマスプレゼントを買う為に必死で働いていると思うと、悔しいのと、余りにも自分が惨めに思えて耐えられなかったのだった。

正月から元のパートの仕事に戻って働く予定だが、パートの稼ぎと母子家庭の手当だけでは、普通の暮らしは出来ないと花梨は考え込んだ。

子供の物を買うだけで精一杯で、勿論自分の服も化粧品も買えないのだ。

母久美子は自分の年金から多少は援助してくれているが、それでも限界に近づいていた。

その様な時に話し相手になってくれたのが晶子だった。

一月のある日、晶子がご馳走をしてくれると言うので、里奈を連れてレストランに行った。

離婚してから何度も電話とメールでは、会話をしたが会うのは随分久しぶりの二人。

小学生の里奈は、持病も徐々に良くなって来たので、それだけが花梨の救いだった。

そんな花梨を見た晶子は、開口一番「随分やつれたわね」と言った。

花梨は昌子に初めて会った時は丁度離婚問題で悩んでいる時で、現在はこの子と二人で暮らしていると現状を昌子に話した。

それを聞いた昌子は「養育費貰ってないの?」と花梨に驚いた表情で尋ねた。

「元旦那は今無職なの」と花梨が答えると
「そりゃ駄目ね」と諦めた表情を浮かべ「現在の住まいも、ワンルームは高くて狭いでしょう?母子家庭に優遇の公団に住めば広いし安いわよ」と教えてくれた。

昌子がいつも馬鹿にしていた圭ちゃんが、実は自分の亭主だとは今更言えない花梨。

花梨は「この子が大きくなったら更にお金が必要になるし」と不安げな顔で里奈を見つめてそっと頭を撫でた。

「何か良い仕事無いかな?」と昌子に尋ねると「金井さんも化粧すれば綺麗やから、水商売すればどう?　生活は楽になるわよ」と言ってくれたが「酔っ払いの相手なんか出来ないわ、絶対無理よ」と強く否定した。

「飲めなくは、なかったわよね」と尋ねる晶子。

「飲めますけれど、あの様な……」と言いかけて口を閉じる花梨に「良いのよ、気を遣わなくても」と言う晶子。

「スナックに行く人を私は軽蔑しています」と花梨は恐い顔をした。

「そうか、旦那さんはスナックによく行って、金井さんを困らせたのね。女でも作ったのかな？」と笑うが、花梨の顔は恐い顔のままだ。

昌子との食事をした日から程なく、鎌田の家から急に「子供を引き取るなら、考えても良いわ」と電話が入ってきた。花梨の思惑とは違う展開に「えー、本当ですか？」と花梨は急に嬉しくなった。

もしそうなれば、お金を稼がないと親子三人生活が出来ないと切羽詰まった花梨は、清水の舞台から飛び降りる気持ちで晶子に電話を掛けた。

「あれから色々考えて、夜の仕事を少し入れても良いかなと思いましたので、何処か私が働けそうな店ご紹介いただけませんか？」

花梨の所からは少し離れた晶子の町では子供の面倒を見て貰えないと察した晶子は「聞いてみてあげるわ、貴女の町でなければ無理でしょうから、探してみるね」と言ってくれた。

ところが、鎌田の家では、全く働かない圭太に業を煮やした祖父母が、興奮して圭太に言った事に現実味を持たせる為に花梨を利用していただけだったのだ。

「恥ずかしく無いの？　元嫁に跡取り息子まで取られてしまったら、私達は死んでも死にきれないわ」と智巳は泣きながら圭太に訴えた。

しばらくして、その効果が出たのか圭太はタクシー運転手の面接に行っていた。


晶子が花梨に「仕事が見つかったわ、五十代後半のママだけれど、繁盛しているお店よ」と連絡してきた。

そのお店は花梨の町に在る「梨花」と言うスナックだった。

子供の為だと覚悟を決めて、面接に向かう花梨。

「梨花」のママは小池美千代といい、細身で気が強そうに見えた。以前は某商社の営業をしていたとのこと。

「うちの店の子は、殆どが離婚経験者よ、お互いの気持ちはよく判るわ」と言った。

「私、この仕事初めてなのですが、大丈夫でしょうか？」と不安な顔の花梨。

「飲めるの？」と尋ねられ「はい、ビールは苦手ですが」と微笑むと「飲めたら、大丈夫よ」と美千代は笑顔で採用だと言った。

美千代にとっては従業員が最近辞めたので猫の手も借りたかったのだった。

スナックの仕事

こうして花梨は「梨花」で働くことになった。

母の久美子は昼間から夕方まで里奈の世話をしてくれ、週三の夜の仕事の時は、花梨のワンルームに泊まってくれる。

兄嫁の登美にとっては母親が居ない方が嬉しいので、そのことには大賛成で、久美子に小遣いまで持たせて里奈におやつでも買ってあげてと言うのだ。

しばらくして、花梨は意を決すると鎌田の家に宏隆のことで電話をかけた。

しかし「そんな事知らないわ」とまるで自分が話した事を忘れた様に智巳が言うのだった。

憤慨した花梨はすぐに鎌田の家に行って直談判をしたのだが、離婚の時に宏隆は渡さないと決めたでしょう？　と言うだけで話が進まない。

結局宏隆を引き取ることは出来なかったが、智巳も流石に気が引けたのか「会いたい時に会っても良い」と少し折れたところで話が付いた。

その後花梨は、幾度となく宏隆と会う事ができたのだが、祖父母に甘やかされて育った宏隆は相変わらず勉強も出来ないままで、高校を卒業と同時に就職したのだった。

そして、仕事を始めると同時に一人で生活を始めた宏隆は、鎌田の家と花梨と両方に気を遣いながら生活をする気の弱い大人になっていった。

それから十年過ぎその間には色々なことがあった。

花梨は数年前から地元のホームセンターでの準社員の仕事に就き、スナック梨花での仕事も続けてどうにか生活が安定してきた。

今では高校生となった里奈は、病気も回復して元気な生活を送っている。

入居した公団住宅は以前のワンルームと比べてかなり広々としているので、母久美子が泊まっても狭さを感じなく満足している。

宏隆も時々は自宅に来てくれて、親子三人の水入らずの食事をする事もあり和やかな生活を送っていた。

嫌いだったスナックの仕事も随分と慣れてきた。心の底では馬鹿にしている客とも適当に話を合わせられ、不味いと思う酒も上手そうに酒を飲むことができるようになった。

客の中には言い寄る男も沢山いたが、全く相手にしないので殆どの男性が諦めてしまう。

花梨は今でも、スナックに来る人は総て軽蔑の眼差しで見ているのは変わりないのだ。

最近、隣町から週に三度、花梨の出勤日を狙っては、ケーキ、饅頭、寿司と毎夜の様に持参する文具店社長の大藪俊樹六十四歳がいる。

また、近所の建設会社の社長の渡辺悠介五十八歳も、花梨を目当てにやって来る。

明らかに二人は、身体が目的だと判るママの美千代は、花梨に忠告すると「ママ、大丈夫よ！私絶対に無いわ、お客さんとは有り得ない」と花梨は断言した。

実はこの十年間に、ホームセンターで働く前に勤めていた会社の上司と良い関係になりそうになったが、奥さんの存在が判り諦めてその会社を辞めたこともあった。


圭太はタクシーの運転手の仕事が合っていたのか、その後は転職せずに続けていた。

水揚げの五割と、僅かだが貰える固定給との合計が収入となる。田舎では水揚げは大したことにはならないが、圭太の勤めている会社は大都市ほどではないが、中規模の町なので水揚げもそこそこ多くあり何とか生活が成り立っていた。

既に子供も独立して同居は両親だけであるが、仕事柄すれ違いが多く殆ど合わない生活を送っている。

鎌田の家を出た宏隆は花梨が住む公団の近くに住んでいる。

寂しい鎌田の祖母は「お爺さん、私達も公団に住みましょう、花梨さんの公団綺麗で広いって宏隆が話していましたよ」と言い出した。

「俺達も申し込めば住めるな」

「圭太と住んでいても、殆ど会わないから一緒に住んで居る気がしませんからね、それと宏隆にも里奈にも会えますよ」

「そうか、孫に会えるなら、変わろう」と早速二人は申し込んだ。

数ヶ月後、鎌田の祖父母が花梨の住む公団に引っ越して来た。

ある日曜日にそれを知った里奈が「お母さん、お爺さんとお婆さんが、ここに来たそうだわよ」と花梨に話した。

「お爺さんって、もう随分前に亡くなったわよ」と自分の父親と勘違いする花梨。

「違うわ、お兄ちゃんが教えてくれたの、鎌田のお爺さんとお婆さんがここの公団に引っ越して来たって」と里奈に言われ、「えーっ」と大声で花梨は驚いた。

「何故？　ここに来るのよ」と怒る花梨。

冬の寒空の中、急いで自転車を漕ぎ自宅に帰って行く金井花梨。

今夜も美味くも無い酒を飲みすぎたと思いながら、ペダルを踏んでいる。

小さな田舎町なので、ＪＲの駅前の近くだけは、繁華街が数十軒存在して夜を賑わしているのだが、その場所を少し過ぎると、街灯が点々と存在する程度で不気味な暗さだ。

公団の入り口に差し掛かった時、老婆らしき人が駐輪場の前に立っている。

既に時間は真夜中の十二時半である。「花梨さん！」といきなり後ろから声をかけられてドキリとした花梨。

振り返ると、そこにはコートの襟を立てた鎌田智己が立っていた。

智己と判り「お母さん、驚かさないで下さいよ」と言うと「遅い時間にすまないね、お爺さんが熱を出してね、水枕を貸して貰おうと思ってね、ここに引っ越してまだ間がないから知り合いがいないのよ」と困った顔をして話した。

「今時、水枕なんか有りませんよ、頭に貼って冷やす物なら有りますけれど、自宅に来れば娘が居たでしょう?」

「部屋番号忘れてしまって、今夜は働いている日だと思ったので、待っていたのよ」

花梨は仕方無く、家から熱を取る物を取ってくると智巳へ差し出した。

だが、これが始まりになるとは考えもしていなかった花梨。

その後度々花梨の自宅に色々な物を借りに来る始まりだった。

宏隆はいつの間にかとび職の見習いの仕事を始めていた。とび職だけに見習いと言えども稼ぎは多かった。

花梨に小遣いを持参したり、里奈にも来る度に何か土産を持って来たりするようになって、親子三人の関係は親密で微笑ましいものになっていた。

ある時、花梨は宏隆が仕事の関係でお酒を飲むのかと思っていたが、全く飲まないので不思議に思い聞いてみると「親父がお母さんを泣かせたのを見ていたから、飲めないよ」と笑って答えた。

花梨は、子供心にその様に見ていたのかと初めて知ると心を打たれた。その宏隆とも今ではこうして親子三人でいられる時が花梨には一番幸せを感じる時間となっていた。

ただ今一番の心配の種は、近所に引っ越して来た鎌田の祖父母が、今後どの様に自分に関わってくるのかであった。

出会い

花梨は「梨花」での週三回の勤務日は火曜日、水曜日、金曜日にして、夜の八時から十二時までの勤務時間にしてもらった。

火曜日が一番身体的には楽な日だ。通常はホームセンター関連のドラッグストアーに早くから行くが水曜日が休みなのだ。

その為火曜日は多少飲みすぎても大丈夫なのだ。それを知っている花梨目当ての二人は火曜日に来るので度々お互いが出会ってしまう。

花梨も「梨花」では九年目になっているのでベテランだと思われているが、従業員の殆どが年齢は近いが花梨の先輩である。

美千代ママの従姉妹の、チーママ菅野優子は六十八歳。従業員の小菅恵美子は四十二歳、田中弓子は四十五歳、児玉杏子は四十三歳と不思議と従業員は同じ様な年齢でしかも同じ様な体形をしている。

五人の女性が曜日を振り分けて出勤している。

ママの年齢に合わせた様に常連客も高齢の人が多く、若い客は殆どが常連に連れられて来る人だけである。

病気になって来なくなる人や高齢になって飲みに来る回数が減ってくる人も多い。

殆どが年金で飲みに来るので、支給日の後は客が多くなる。

スナックもママの年齢と共に、賞味期限が近づいているのが常連には判り始めているのだが、さすがにそれは誰も口には出さない。

七時過ぎから、小さな建設会社の社長渡辺が店にやって来て花梨が来るのを待っていた。

恵美子は渡辺の目当ては花梨と判っているが、渡辺に調子を合わせる。

渡辺はこの店に来る様になって二年が過ぎていたが、半年前から花梨に興味を持った様だ。

従業員達の年齢は殆ど同じなのだが、一番若く見えた花梨が昔居た若い女性が辞めて自動的に目に留まっただけなのだ。

不思議な物で、与えられた環境の中では、人間は求める物が本来とは変わってしまう事は良くある様で、渡辺も酒の勢いと雰囲気でその様に変わった一人だった。

もしも、若くて可愛い子が居たら、そちらに目が行ったのかも知れない。

兎に角数ヶ月前から花梨に目が向いてしまったのは間違いなかった。

同じ様に文房具店の社長大藪も、以前から「梨花」には来ていたが、それは月に一回程度で、お付き合いの範疇だったが、数ヶ月前に今まで付き合っていた女性と別れた心の隙間に花梨が入って来た様だ。

彼が惚れる女性は、離婚経験の有る人が圧倒的に多い。

更に子供でも居たら、最高の条件が揃うらしい。それは、生活費を出してあげるから、付き合いをしないか？　が殺し文句になる様で、いつの間にか簡単に関係を作ってしまえるからだった。

一度関係が出来ると、女性は罪悪感が無くなるのか？　定期的にホテルに同伴するようだ。離婚による身体の寂しさと金銭的援助の両方が満たされる為、女性も判らないままに関係が続いていく。

定期的に貰えるお金が、いつの間にか必要なお金に変わってしまうと、大藪の思う壺に嵌まるらしいのだ。

それでも、次の女性を求めるのが大藪の変わった処である。

基本的に欲望が強いのだろう？　自分が付き合っている女性は、総て嫌いでは無いのだが次を求めるのだ。

八時五分前に、この大藪も店にやって来たので花梨目当ての二人が揃った恰好になった。

ママの美千代は、二人を見て腹の中で笑っていた。

花梨が二人に全く興味が無いと笑っていたのでそのことは安心しているが、今夜もバトルが大変だと思っていた。

だが、その時肝心の花梨が自転車で出勤の途中にパンクをして遅れると連絡をしてきたのだ。

八時を回った辺りから二人が急に時計を見始めるが、二人共口に出さない。

その気持ちを察した美千代は「自転車がパンクして、遅れるそうよ」と微笑んで言った。

しばらくすると、扉が開いて「入れるか？」と常連客の富永が入って来た。

「何人？」と嬉しそうな美千代に「十五人程だ」と言う。

「大丈夫よ」と言うなり二人の顔が曇るのが美千代には手に取る様に判った。

次々と入って来る客だが、店は広く三十人は十分に座れるので、二人が動かなくてもボックス席で充分収まるのだが、大藪と渡辺には面白くない状態だ。

ママの美千代が女性をローテーションさせてしまうから、カウンターに花梨がいる時間が少なくなるのは確実だ。

結局花梨が到着したのは九時少し前で、店内は盛り上がって五月蠅い状況になっていた。

今夜はママ美千代、優子、恵美子、そして花梨の四人だけだから、忙しいのは決まっている。

今夜もケーキを買って持って来た大藪だったが、花梨には取りあってもらえない。結局ママに渡すと、カラオケが五月蠅くなったので、花梨の顔を見て微笑んだだけで帰って行った。

「すみませんね、社長、五月蠅くて」と美千代が見送りに出たが、花梨は見送りにも出られない状況で忙しくしていた。

その一時間後には結局、渡辺も殆ど花梨とは話が出来ないまま帰って行った。

花梨は数年前から、ホームセンターの関連企業のドラッグストアーの店に変わっていた。以前のホームセンターのバックヤードでの仕事から解放されると手荒れもしないと喜んでいた。

数日後の土曜日、一人の男が店内の胃薬のコーナーで何かを捜しているので、花梨は「何かお探しですか？」と声をかけた。

男は花梨を見て微笑むと「すみません金井さん、夜胸焼けで眠れなくて困りました」と言った。

いきなり金井さんと呼ばれて驚いた花梨は「お客様を私は存じていませんが？」と怪訝な顔で尋ねた。すると、男は花梨の名札を指さしてまた微笑んだ。

「あっ、そうでしたか？」と微笑み返す花梨は「最近多い、逆流性食道炎ではないでしょうか？」と教えた。それを聞いた男は「逆流性食道炎？　恐い病気ですか？」と不安な顔をした。

「最近は良い薬が出ていますから、治りますよ」と花梨が言う。

「どの薬ですか？」と尋ねる男に「薬局では売れませんから、病院に行って下さい」と教えたが「そうですか？　今日は病院休みですよね」と男は困った表情をしたので、「この薬でも多少は治まると思いますよ」と胃酸を押さえる薬を勧めると「金井さん、ありがとうございます」と丁寧に礼を言って帰って行った。

これが二人の、初めての出会いだった。

恋心

数日後、その男は再び店にやって来ると、係の人に「金井さんって方、いらっしゃいませんか？」と尋ねた。

尋ねられた同僚の伊達尚子は「金井さんですか？　今日は早番ですから、もう上がりましたよ」と答えた。

「そうですか？」と残念そうに言うので「何か伝えましょうか？」と尚子が聞くと「私、佐伯と言いますが、先日教えて頂いたことがあり、大変助かりましたのでお礼に来ただけです。また来ます」と会釈をして帰って行った。

佐伯は今年春に役所を定年退職したが、嘱託に変わってそのまま同じ職場で勤めている。仕事を終えた佐伯は先日のお礼を言おうと直接ＤＳアサヒに寄ったのだった。

その時の時間は六時を回っていて、花梨は五時半には仕事を終えて自宅に向かっていた。

今日は「梨花」に行く日で、翌日の仕事が休みで、一週間で一番気分が楽な火曜日だ。

佐伯は数年前に妻と離婚し、現在は年老いた母と二人で暮らしている。

別れた妻との間には子供もなく、寂しい老後に入ろうとしている。

定年の時は、建設課の課長補佐で終わっているので、それ程の出世ではなかった。

建設課は仕事柄、若い時から飲みに行く事が結構多くあったが、佐伯はお酒が強い方だったので幸いしていた。

休み明けの木曜日に花梨がＤＳアサヒに出勤すると、尚子が「火曜日に、佐伯って白髪のお父さんの様な人が、お礼に来ていたわよ」と伝えた。

花梨は直ぐには思い出さないので「何のお礼？」と尋ねたが、「それは言わなかったわ！」と尚子は答えた。

気になった花梨は「白髪のお父さんの様な人ね」と考えながら仕事を始めた。

昼過ぎに、店内アナウンスの声で花梨は呼ばれたので行ってみると、その白髪の佐伯が笑顔で待っていた。

佐伯は会釈をすると「金井さん、先日はありがとうございました。月曜日に医者に行きまして、お見立て通り逆流性食道炎でした」と言うと持って来た菓子の包みを差し出した。

「そんなに気を遣って頂かなくても」と恐縮している花梨に「実は、前からよく夜胸焼けで眠れなくて困っていたのですよ。金井さんのアドバイスのお陰で原因が判り助かりました」と笑顔でお礼を言って菓子の包を渡すと帰って行った。

それを見ていた尚子が「あの佐伯さんって役所の人ね」と言う。花梨が「何故？」と尋ねると、「あの服は役所の建設の人よ」と答えた。

「そうなの？　もっと歳が上かと思ったわ、まだ現役なのね」と花梨は勝手な理解をした。

「白髪だったからね、でも丁寧な人ね、わざわざ昼休みに抜けて来たのよ」と尚子に言われると、花梨はその白髪の老人に多少なりとも好感を抱いてしまうのだった。

休み時間になり、佐伯に貰った饅頭の包みを開けて尚子と二人で食べ始めた花梨は「美味しいわね」と微笑む。

「本当だわ、高いかも？」と尚子。

この時、花梨の心に、佐伯の名前と良い人と言う印象とがしっかりと根付いていた。


その後数日が過ぎ、花梨も佐伯の事を忘れ始めた頃、建設会社の渡辺が、白髪の佐伯ともう一人の若者を連れて「梨花」にやって来た。

「珍しいわね、社長がお客さんを連れて来られるとは」と一人早出の恵美子が笑顔で迎えた。

「たまには私も連れて来ますよ」と笑う渡辺。

「あら、社長さんは花梨ちゃん目当てでしょう？」

梨花は七時過ぎ、ママとチーママは七時半過ぎにやって来る予定だ。

渡辺は「会合が合ってね、こちらは役所の佐伯課長と久保君」と恵美子に紹介をした。

課長と呼ばれた佐伯は「渡辺さん、違いますよ、もう課長ではありませんよ」と笑うと恵美子からおしぼりを受け取った。

　上品な紳士に見える佐伯は「一杯だけにしますよ、今夜はお袋さんをお風呂に入れてやらないといけないので、直ぐに帰りますよ」と言う。

　渡辺は「久保君は、付き合っても良いでしょう」とビールを勧め三人で乾杯が始まった。

「課長はお酒が強いのですよ」と渡辺は恵美子に言うと、佐伯が飲み干したグラスに直ぐにビールを注いだ。

　しばらくして、二人の客が入って来たので恵美子がそちらの応対に行くと、三人は今日の会合の話を始めた。

　その後優子がやって来て、三人に挨拶をしたところで佐伯は「私は、そろそろ失礼しなくては、母が待っていますので」と席を立って出て行った。

　佐伯が帰るのと、入れ替わりに花梨が息を切らせて入って来て「いらっしゃいませ」と挨拶をした。

　渡辺の前に来た花梨は「珍しいわね、渡辺さん今夜は二人？」と言った。

「残念だったな、三人だ」と微笑む渡辺に「トイレに？」と花梨が指さすと「もう帰ったよ、愛する女性とお風呂に入ると言ってね」と渡辺は笑う。

「まあ、いやらしいわね」と花梨が言うと、久保が「違いますよ、高齢のお母さんをお風呂に入れる為に帰られました」と話す。

「何だ！　感心な方なのね、渡辺さんの様に若い女性とお風呂かと思ったわ」と笑う花梨。

その後は酔った勢いも手伝って上機嫌で話をする渡辺だが、今夜はライバルが来ないのだと思うと、逆にこの久保が邪魔な存在になった。しかし久保は中々帰らなかった。


数日後、佐伯は役所の帰りに、母親のおむつを買いにDSアサヒにやって来た。

もう時間は六時半を過ぎているので、金井さんは居ないだろうと思い、おむつを色々と物色するが、どれが母に合うのが中々判らない。

母が先日の夜にトイレに行こうとして、転びそうになったのとお漏らしをしてしまったのが気になって今日は初めておむつを買いに来たのだ。

「あっ、何かお探しですか？」と佐伯を見つけた花梨が声をかけると、振り返った佐伯は「金井さん、いらっしゃったのですか？」と笑顔になった。

「はい、今夜は遅番なので、閉店まで居ます」と花梨は微笑んで答える。

佐伯も「そうでしたか？　実は母のおむつを捜しているのですが？　初めてなのでよく判らなくて」と微笑む。

花梨は佐伯から母親の状況を聞くと、それに合ったおむつを選んでくれたので「すみません、助かりました」と佐伯は丁寧にお礼を言った。

花梨はおむつをレジまで運んで、さらにレジを済ませた後も佐伯の車まで運ぼうとした。

佐伯は「良いのですか?」と言うと花梨が「半時間休憩が有るので」と微笑んで答えたので「それでは、そこでコーヒーでも飲みませんか?」と花梨を誘った。

悪い印象を持っていない花梨は、佐伯について隣に在る小さなコーヒー店に入った。

花梨は佐伯から度々お世話になった事への礼を言われて、また家族の者が誰も居ない事も話されたが「大変ですね」としか返事が出来なかった。

「梨花」の同僚恵美子は本職で老人ホームの介護を行っていて、常々高齢の年寄りの介護は大変な事を花梨は恵美子から聞いて知っていたのだ。

白髪の悟

佐伯は自分の身の上話を何故か不思議と花梨には話せたのだ。

自分は一人っ子で、母親時子の三十歳の時の子供で、父親はもう随分前に肺癌で亡くなったことや、最近は母親が、少し足腰が弱くなったので気をつけていることなどを包み隠さず話した。

花梨は「私も離婚しているのです」とだけ話して殆ど自分の事は話せなかったが、又何か聞きたい事が有ればメールを下されば自分が判る範囲ならお教えしますと言って別れた。

お互いに好印象を持っていた事は確かだった。


それからしばらくして、佐伯は母親の事を案じて介護のディサービスを受ける事にした。最初時子は自ら老人ホームに入ろうか？　と言ったが佐伯は、老い先短い母親を、手元で見守りたい気持ちがあり、もう少し身体が弱ってからで良いよと話したのだった。時子は佐伯に従い、友人が出来ると言って喜んでディサービスに出掛ける様になっていた。

それも花梨が知り合いの所を紹介してくれたのが切っ掛けだったので「これで、安心して出張にも行けます。ありがとうございました」と佐伯は花梨にお礼を言った。

勿論そのディサービスは同僚恵美子が勤める老人施設の関係先であった。

佐伯は、建設関係の業者と飲む機会も多く「梨花」に行く機会をなかなか取れず、再び「梨花」を訪れたのは、最初に訪れてから二ヶ月近くが経過していた。

今までは、隣町の店の方が接待にもよく使われていたのでそちらで飲む機会の方が多かった。小柳元課長のお誘いで「千歳」にも数十回以上は行っていたが、最近は行く機会も多少減っていたので、小柳元課長のように自分の退職金を狙われることは無かった。

清美の方も、その時は製缶会社の会長一筋に狙いを定めて金を使わせていたので、佐伯の事が眼中に無かったのも幸いした。

小柳元課長は、結局退職金を総て剥ぎ取られると放り出されて哀れな老後になっていたのだ。

花梨は晶子が面白可笑しく、そのことを伝えるので自然と「千歳」の事はよく知っていた。


「お久しぶりです」と佐伯と水道課の男は「梨花」の扉を開いた。恵美子は一度しか会っていないので、懸命に記憶をたぐり寄せる。

「あっ、渡辺さんと来られた方ですね」とようやく思い出して微笑むと佐伯は「今夜は水道の本田君」と紹介をした。

「これから、また時々は飲みに出られるようになりますね」と本田が佐伯に笑顔で言うと「そうなのだよ、母が介護の処に泊まる日は飲めるよ」と笑う佐伯。

「お母様が、介護の処に？」と恵美子が聞いた様な話だと思いながら訪ねた。

「週に二日だけですが、良い方に紹介して頂きまして、助かっています」と微笑む佐伯。

「私もここはバイトで、本職は介護の仕事なのですよ」と微笑む恵美子に、佐伯が「そうですか?」と言うと「でも私は、少し遠くですから、この辺りの方は居ませんけれどね、先日もここの従業員の知り合いを、近くの介護施設に紹介しました」と微笑む。

まさか、それが自分の母親で、花梨が恵美子に相談していたとは全く知らない佐伯。

似た様な話が有るものだと、介護の話に花が咲いた。

八時前にママの美千代がやって来て、その後やや遅れて田中弓子も出勤して来ると賑やかにカラオケが始まった。

弓子の歌声に「お上手ですね」と絶賛する二人。

本田も佐伯も遊び慣れしていて歌も上手いので、四人が交代で次々と歌い続けて盛り上がった。

帰りにママの美千代が「みんな歌が上手ですから、是非また歌いに来て下さい」と言いながら二人を見送った。

店には残った二人の常連の客がいて「歌謡ショーだったね」と笑った。

「でも感じの良い方だったわね」と弓子が言うと、恵美子は「高齢のお母さんと二人で、大変みたいよ」と佐伯に聞いた話を伝えた。

「恵美子が紹介していた人とよく似ているね」と美千代が言うと「少し前に花梨さんに聞いた話と似ていたわ」と恵美子が答えた。

「それだけ、高齢者が多いって事よ！　恐いわ！　私も近いから」と言うと「ママは元気だから大丈夫ですよ」と弓子が笑った。

佐伯はその後数週間に一度の割合で、ＤＳアサヒに行っては母親の介護に必要な物を買い求めたが、行く日はいつも花梨の遅番の日なので、今度は休憩時間を狙って行ってみた。

「丁度、役所の帰りがこの時間になりまして」と無理な言い訳をして、コーヒーに誘う佐伯。

何度か会う内に、佐伯は果物やら饅頭やらと色々な手土産を持って来る様になった。

そんな傍ら、佐伯は寂しさを紛らわす為に時々「梨花」行っては、弓子や恵美子とデュエットするのが楽しみになっていて、最近では一人で訪れるようにもなった。

毎回ビールを飲み、歌を数曲歌って帰る佐伯が、その日は機嫌が良かったのか？　友人と居酒屋でビールを飲み過ぎて、腹が張っていたのか？　「焼酎キープしょうかな？」と言った。そう言われた恵美子は「いつも課長さんとお呼びしているので、名前知らなかったわ」と言いながらボトルに名前を書いてもらおうと、マジックを佐伯に渡すと佐伯は「白髪の悟」と書いて恵美子を笑わせた。

佐伯が帰った後「自宅には一人で住んでいると、話していたわね」と恵美子が言うと、ママが「あの歳で、これから一人は寂しいだろうね、私は子供も孫も居るから、逆に大変だけれどね。役所も、もうすぐ定年だろう、寂しいね」と言った。

弓子が「もう、定年過ぎたと聞いたわ」と言うと、ママは「嘱託なら、尚更後数年だわね」と寂しげに言った。

翌日花梨が店に行くと、お客が居ないのでボトルの整理をしていた弓子と杏子は、花梨に「ママはお客さんと同伴で九時になるらしいわ」と教えた。

二人の横に並ぶと花梨はすごく細く見える。二人がボトルを移動させるのにカウンター裏では二人が交差すると身体がつっかえて動けないので、三人は大笑いしながら帳面とボトルの場所を記入していった。

佐伯のボトルを見た杏子が「白髪の悟って、誰?」と弓子に聞く。花梨が「新しい人?」と尋ねた。「歌の上手い役所の人よ、始めてボトルを入れてくれたのよ」と弓子が教えた。

それを聞いて「良かったわ、私なら歌が下手だから、無理だったわ」と笑う花梨。

媚び

役所の人で白髪と聞いて佐伯を思い描いた花梨だったが、「佐伯さんはとてもスナックには来られないわね、お母さんの世話で毎日大変だから、同じ役所でも大きな違いなのね!」と花梨は頭の中でそう解釈し、まして佐伯はスナックに来るような人間では無いと、勝手に決め付けて微笑んだ。

「何よ！　花梨さん、気持ち悪いわ？　含み笑いをして」と杏子が花梨の顔を見て笑う。

「それはね、花梨の知り合いに似ている人が居るからよ」と弓子が話す。

「えー、それって花梨さんの好きな人って事？」と尋ねる杏子に「違うわよ、弓子ったら変な事言わないでよ」と言いながらも、頬は赤くなっていた。

数日後、佐伯はその日は健康補助食品を買いにDSアサヒに来て、いつものように花梨をコーヒー店に誘った。

「いつもお世話になって、何もお礼が出来なくてすみません。これ好みなのか判りませんが？」と佐伯は若干緊張気味に小さな袋を花梨の前に差し出した。

明らかに装飾品の包みだと判ったが「何ですか？」と嬉しさを見せないそぶりで受け取る花梨。

中には小さな箱が入っていて、リボンで結んであった。

「開けても良いですか？」と言いながら包を開けた花梨は「わあー、ネックレス」と小さく言った。

「気に入って貰えるか判りませんが？」と照れる佐伯に「ありがとうございます、高価な物をすみません」と満面の笑みで喜ぶ花梨。

仕事柄、イミテーションの飾りは結構持っているが、このネックレスは間違い無く本物だと判った。

束の間の休憩時間が終わり佐伯は帰っていった。

その時から、花梨の心は浮き浮きした気分に変わり、その日は自宅に帰っても上機嫌が続いていた。

「お母さん、機嫌が良いわね」と里奈に言われて「そう？　判る？」と笑った花梨の首には、ネックレスが輝いていた。

目敏い里奈が「それ！　何！」とネックレスを見つけて大きな声を上げて近づき、間近に見て「本物？」と尋ねる。

里奈は、母が一度もこの様な物を夜の仕事の時以外身に着けたのを見たことがなかったので「どうしたの？」と驚いた顔をした。

「判る？」と微笑む花梨。

「ダイヤだよね！　金も本物？　馬蹄の形は幸福を招くのよ」と里奈が羨ましそうに言う。

花梨は、自分が持っている装飾品は総てイミテーションで、安い物でさえ本物を一度も買った事が無かった。

その様な物にお金を出すなら、食費に廻さなければならないと思っていたからだ。里奈が公立高校に入学してくれたことにも、助かったと思った花梨である。もうしばらくは里奈の学費と結婚の為に少しでも多く貯めたいので、装飾品を買う余裕など全く無いのが現実だ。

「誰かに貰ったのね?」と聞かれて、花梨は顔を赤くした。

里奈が「お店のお客さん? 大藪さん? 渡辺さん?」と客の名前を出して尋ねると、「飲み屋のお客さんに貰った物は、私用では着けません!」と強い調子で花梨は言った。

里奈は「お母さんに春が来たのか?」と笑いながら自分の部屋に消えた。

翌日花梨は店にも、ネックレスを着けて出勤をした。

早速弓子が見つけて「良いわね、買ったの? 珍しいわね」と小声で囁いた。

花梨の「ええ、まあ」と曖昧な言葉に「あっ、貰った!」と小さく叫んだ。

顔が緩む花梨に「正解だ! 誰? 大藪さんに? 渡辺?」と話していると、丁度そこに大藪がショルダーを肩にかけて入って来た。

一時期いつも持っているショルダーの中身が気になって尋ねたことがあったが「仕事の道具ですよ」とその時は笑って誤魔化された。

「いらっしゃい」と元気よく声を出した花梨に「今夜は機嫌が良いですね」と微笑む大藪。

花梨が奥に付き出しを造りに入った時、弓子が「大藪さん負けていますよ」とグラスを出しながら小声で言った。

「何が？」と大藪が聞くと、弓子が大藪に自分の首を触って見せた。その時花梨が「高菜の炊いたのは好きですか？」と言いながら戻って来て大藪の前に置いた。

大藪は、直ぐに花梨のネックレスを見て、目で弓子に合図を送った。それに頷く弓子。

大藪は勝手に、渡辺が持って来たと解釈してしまった。

弓子も、大藪と渡辺の鞘当てを、半分は焼き餅、半分は楽しみにしていたのだ。

彼女らは面白がって、次の日渡辺が来ると今度は杏子が花梨のネックレスの件を教えると、渡辺も大藪に貰ったと解釈をしてしまった。傍目からライバル心を見るのは面白いのだ。

数日後、佐伯が、ＤＳアサヒに買い物に来るといつものように花梨を誘ってコーヒーを飲みに出かけた。花梨は、先日のプレゼントのお礼を言ってから「佐伯さんは、夜の仕事している女性はどの様に思われていますか？　スナックとかで働く女性」と一番気になっていたことを思い切って佐伯に尋ねた。

佐伯はしばらく考えてから「色々な女性が働いていますから、一概には言えませんが、生活の為に働かれている方は大変だと思います」と言った。

花梨はほっとした様に「そうですよね、離婚して子供を抱えたら、生活大変ですからね」と言うと佐伯は「金井さんの様に、昼間の仕事で生活出来る人ばかりではありませんからね」と微笑んだ。

佐伯は続けて「中には悪い女も居ますよ、私の知っている人の話ですが？　そのスナックのママは、客の退職金を狙って、身体を使って巻き上げると言う噂を聞きましたよ」と話した。

花梨は自分の元の旦那鎌田圭太と同じだと思いながら、世の中同じ様な事をするママが居るものだと驚いて聞いていた。

佐伯が「夜の仕事をする時に絶対に気をつけなければ行けない事は、女性は客に媚びを売っているのだと言う事ですよ」と言い切る。

「媚び？」と聞き返すと「思ってもいない事を言って、褒める事ですよ」と教える。

「なるほど」と身に覚えの有る花梨は頷いた。

「それは、鰹節の様に、自分の気持ちを売りますから、心がやせ細ります。そしてそれは普通の判断力を失っていく事にも繋がるのです」と論じる佐伯に「難しい話ですね」と聞き入る花梨。

飲みに行かない様な人が、よく研究しているのねと思いながら花梨はコーヒーを飲んでいた。

二人でＤＳアサヒに戻ると、別れ際に佐伯が「似合っていますよ」とネックレスを見て、微笑みながら言った。

花梨は「そうですか？　ありがとうございます」と再びお礼を言うと店内に消えて行った。

佐伯は、自分のプレゼントを喜んでくれたとわかり、安心感と喜びに包まれて帰って行った。

胸騒ぎ

翌日、梨花で「そうなのよね、媚びを売っては駄目なのよ」と独り言を言う花梨。

恵美子が「何よ、それ？」と尋ねると「内緒よ」と言いながら、常連客のお爺さん二人の前に行った。

しばらくすると、渡辺がニコニコしながらお店の扉を開けた。「いらっしゃい」と優子が出迎えたが「花梨さんを、呼んで」といきなり言った。

花梨が奥の客の処から来て「いらっしゃい」と微笑むと、渡辺は紙袋を花梨に差し出して「似合うか判らないけれど」と言った。

「何？」と聞くと「帽子ですよ、これから暑くなるでしょう？」と微笑む。

「こんなの、頂けないわ」と遠慮すると「他の人からは貰うのに、私の物は受け取れないのか？」

と恐い顔をした。

横から、優子が「貰っておきなさい」と宥める様に言った。

恵美子は、先日の話で負けまいと思い持って来たのだろうと腹の中で笑っていた。

もうすぐ、大藪さんも何か持って来るのか？　と面白がる恵美子。

「どの様な帽子？」と優子から言われて花梨が袋から取り出すと「わー、ブランド物ね」と優子が帽子のタグを見て驚いたように言った。

栗色の髪を纏めている花梨は、そのまま頭にのせると「似合うわ」と優子が褒め称えるが、誰が見ても花梨には派手な感じであった。

褒められて上機嫌の渡辺は、満足顔で飲みながらラストまで店にいた。

大藪は予想に反して、今夜は店に来なかったが、近日中に必ず何かプレゼントを持参すると思う恵美子だ。

その後、久しぶりに佐伯が水道課の人間とやって来た。

ママが「ご無沙汰でしたね」と言うと「母が転んでしまって、病院に入院したのです」と答える。

「大丈夫でしたの？」と心配顔でママが尋ねたが、「お陰様で大事には至らず、退院しました」と佐伯は言うと早速カラオケを歌い始めたので、恵美子、弓子も交代で歌って賑やかな場に変貌した。

花梨は佐伯からのメールで、母親の転倒も知っていたし、入院も退院も聞いていた。

その佐伯は日曜日に、母親時子を連れてＤＳアサヒにやって来た。

花梨は「いつも、お世話になっています、悟の母親の時子です」と突然挨拶されて驚いた。

時子は、息子の普段の話しから、花梨に好意を持っているのを悟り、どのような人か自分の目で確かめたいと息子に頼んで連れて来てもらったのだ。

先日も転倒したくらい足腰が弱ってきた時子は、妻のいない息子の事が心残りで、もしも許されるなら早く再婚をして欲しいと願っていたのだ。

また、再三息子から花梨の事を聞いて、もしかして脈が有るのではとも思っていた。

花梨は「私の方がお世話になっています、お母様足は大丈夫ですか？」と言うと「大袈裟に救急車を呼ぶから入院させられてしまいました」と杖を突きながら時子は微笑んだ。

佐伯の白髪は母親譲りなのだろう？　時子は綺麗な白髪で年齢の割には髪の毛が多くて光沢も有る。多少腰が曲がっているが、とても九十歳には見えなかった。

頭も呆けてはいない様で花梨に「ここのお仕事は大変ですか？」と優しく尋ねた。

「もう慣れましたので、苦にはなりません」と答える花梨。

少し腰が曲がった自分と背丈が変わらないので、花梨は小柄な人だと時子は目測した。

「子供さんが二人で、一人は既に働いていらっしゃるとか？」と尋ねる。

「はい、独立して一人で生活しています」と答える花梨は、まるで品定めをされている様な気分で落ち着かなかったが、しばらく世間話をすると「これからも、悟の事をよろしくお願いします」と時子は深々と頭を下げて、佐伯に付き添われて帰って行った。

後ろ姿を見送る花梨に、時子は何度も振り返ってはお辞儀をして帰って行った。

その姿を見た花梨の心に、なんとなくもう二度と会えないのでは？　という不安が過った。

何故？　それは夜になっても変わらず、何度も振り返ってお辞儀をする老婆の姿が脳裏に浮かぶのだ。

数日後、花梨にママの美千代が「来週の土曜日、出勤して貰えないかな？」と尋ねた。

杏子が用事で、休みたいと言って来たのだが、団体が一組入っているので困っていたのだ。

手帳を見ながら「九時からで良かったら、入れますよ」と答える花梨。

「助かるわ」と喜ぶ美千代。

その時、大藪が久々に店にやって来た。

「大藪社長久しぶりですね」と優子が迎え入れると「海外に行っていたのですよ」と微笑む。

「何処に？」

「上海ですよ、これみなさんに」と包みを差し出し「これは、花梨さんに」と別の小さな包みを花梨に差し出した。

弓子は、既に忘れていたが、大藪対渡辺のバトルは続いていたのだとほくそ笑んでいた。

「えー、私にお土産？」と嬉しそうに言う花梨。

横から弓子が「それ、時計？」と包みを見て言う。

有名な高級時計が入った箱を開けた花梨は「こんな高級品頂けませんわ」と遠慮したが、大藪が「免税ですから、安いですよ、遠慮はいりませんよ」と微笑む。

弓子は心の中で「これは高いよ、今回は大藪の勝ちね！　渡辺さんに言わないと駄目だわ！」と二人の鞘当てを楽しんでいた。

「こんな、高級品は貰う事が……」と言う花梨の口をママが遮って「大藪さん、花梨ちゃん義理堅い子ですから、こんなに高い物頂くと、気を使いますから、今回だけにして下さいよ」と話して「花梨、今回だけ貰いなさい、大藪社長も受け取らなかったら、恥になりますからね」と言うと、花梨に受け取らせてしまった。

以前渡辺に貰った帽子は、既に里奈の物になっていて花梨は被る事は無かった。

土曜日になり、花梨が店に入ると既に賑やかな状態で、ボックス席にはママと恵美子が入って、忙しく水割りを作っていた。

同じ人種

カウンターには二組の常連客四人が陣取っていて、その相手を弓子がしていた。

優子は奥から、付き出しを造ってカウンターに並べている。

「あっ、花梨さん、それを運んで」と優子に頼まれた花梨はボックス席に運んでいく。

その時電話が鳴って、受話器を取った弓子が「白髪の悟さん、二人で来られます」と大きな声で言った。

それを聞いた花梨は、「白髪の悟？」と言いながら棚からボトルを見つけたが、その顔はなんとなく怪訝であった。

「これね」とボトルを見つけた花梨の脳裏に、あのＤＳアサヒで見た佐伯の母の言葉が蘇った。

「これからも悟の事、よろしくお願いします」

「白髪の悟？」とボトルを持ってカウンターに置いた時「いらっしゃいませ」と弓子の声に反応して入り口を見た花梨は一瞬にして表情を凍らせた。

「いら……」で言葉が止まり、急いで厨房の中に飛び込んで行った。

厨房の中で優子が「どうしたの？　顔真っ青よ！」と花梨の表情に驚いて言った。

「急に、気分が悪くなったの、休ませて」と言った時、佐伯が「先に、トイレ」と言って向かった。

その隙に花梨は「すみません、駄目みたいです」と荷物を持つと店を飛び出して行った。

「どうしたの？」の優子の心配する声を後ろに聞きながら、振り返りもせず出て行った花梨は、しばらくしてから（急に気分が悪くなったので、今夜は仕事出来ません、すみません）と美千代にメールで謝った。

メールを見た美千代は優子に「どうしたのよ、花梨具合悪かったの？」と言うと「急に、気分が悪くなった様で」と答える優子。目の前で話す二人に、佐伯が「どうかされたのですか？」と尋ねた。

「女の子が、調子悪くて帰ったので、心配で」と美千代が説明をした。

「花梨さんって、お名前ですか？」と尋ねる佐伯。

「そうですよ、変わった名前でしょう？」

「可愛い感じがしますね」と答える佐伯に「本当に可愛いわよ」と言った。

「それは、会いたかったですね」と微笑みながらも佐伯は早速カラオケのリモコンとマイクを同伴の男性に勧めていた。

佐伯さんが店に来ていたのだ！　随分前から、来ていたのよね！　同じ人種だったのか！

と思うと無性に腹が立つ花梨。

自転車で数分の公団が、今夜はもの凄く遠く感じていた。

好きになり始めていた気持ちは、自宅に着くと完全に消えてしまい、最低の男に変わっていた。

自分が裏切られた心境である。

自宅に戻ると里奈が「今夜、店に行くのじゃ？」と驚いて尋ねた。

丁度その時玄関のチャイムが鳴って、里奈が「お婆ちゃんだよ」と伝えたが、「今夜は気分が悪いのよ！　何も貸さないわ！」と、もの凄い剣幕で追い返した。

その後、佐伯がＤＳアサヒに行っても、花梨は隠れてしまって会いには出て来ない。

同僚の係の人が「金井さん、居ませんね」と佐伯に詫びる。

二度目も佐伯が行く時間には、花梨の姿は見えなかった。

メールを送っても返事が返って来ないので、逆に心配になってしまった佐伯は、三度目の時「すみませんが、金井さんはお仕事に来られていますよね」と尋ねた。

「金井花梨さんですよね！」と店員が確認をしたので「金井さんは、名前が花梨さん？」と聞き返した。

「はい、そうですよ、今日は休まれていますが、別に病気とかでは無いと思いますよ」と答えた。

佐伯の頭の中で何処かで聞いた名前だと「花梨」「花梨」と念仏の様に呟いて、思い出そうとしたが中々思い出せないが、突然「あっ、梨花だ！」と思い出した佐伯は声を上げた。佐伯には、若しかして自分に会うのが？　スナックで働いているのを見られたから？　との疑問が湧き上がってきた。

店には遅番の日は出られないとすると、火曜、水曜、金曜のどれかの日は梨花で働いているのだと推測した。

あの時、金井さんは自分の姿を見たから、気分が悪いと言って帰ったのだと決め付けた。

佐伯は、花梨が夜のバイトが見つかったので、自分にわからない様に隠れているのだと解釈をしていた。

花梨が、少し好意を持ち始めた佐伯が、圭太と同じ軽蔑の人間だった事にショックを感じて、これ以上の付き合いをしない為に、会わない様にしているとは佐伯にはわかるはずもなかった。

メールを送ろうかと思ったが、気にして職場を辞めてしまっては、余りにも気の毒なので、火曜日に店に行こうと決めた佐伯。

火曜日に、佐伯は一人で七時過ぎに梨花に入って、恵美子に「ここに勤めている花梨さんって、金井さんって名前でしょう?」と尋ねた。

「えっ、課長さん、知っているの?」と不思議な顔をして尋ねる恵美子。

「DSアサヒにお勤めでしょう?」と言うと「もしかして、私が紹介したディサービスの?」と勘の良い恵美子が大きな瞳を一層大きく見開き驚いてみせた。

「そうです、私も気が付きませんでした。お世話になっていたのに、お礼も申し上げなくてすみません」と佐伯は恵美子に頭を下げた。

「世間は狭いですね」と微笑む恵美子だが、花梨の気持ちは全く判らない恵美子は、花梨が佐伯を避けている理由も判らないのだ。

一曲歌った時に、優子がやって来て、その後しばらくして花梨が扉を開いた。

「花梨さん、お待ちかねよ」と恵美子が笑顔で花梨に言うと「こんばんは」と白髪の佐伯が花梨に会釈をした。

驚いたが、もうどうする事も出来ない花梨は「ご無沙汰しています」と苦虫を噛み潰したような笑いを浮かべた。

直ぐに、大藪が入って来ると、花梨は大藪の前に行った。

照れくさいのだなと思った佐伯は（私は花梨さんが夜の仕事をしていても別に、何とも思っていませんよ）という気持ちを伝えようと、十時に店を出た後にメールを送った。

十時迄花梨は一度も佐伯の前には来なくて、最後の見送りの時だけ美千代と表に出て来ただけだった。

店が終わって、花梨は駐輪場で佐伯の（驚かせて、すみませんでした。また会いに来ます。お休みなさい）と言うメールをこの時初めて見た。

花梨は「ふー」と大きな溜息をついて、自転車を漕ぎ出した。

「そうだ、大藪さんと同じ人種だと思って付き合えば良いのよ！　今更店も変われない！　別に自分が悪い訳でもない、忘れよう！」と考えるが、何かを期待していた自分が思わずそこに居た事を、意識していたのも事実だった。

一方の佐伯は、「内緒にしていたのに店に行ったのは失敗だったのかな？　返事が来ないな？

怒っているのだろうか？」と色々考えて眠れなかった。

結局一睡も出来ないまま朝になったが、花梨からの返信メールは届かなかった。

心配な佐伯は（おはようございます。私は、金井さんがスナックのバイトをしていた事を聞いて、驚きましたが、今は何とも思っていません）と花梨には意味が通じるはずもないメールを送ったのだった。

変わる人格

花梨はスナック梨花のお客と同伴をする事が殆どない。

時々、店のママに言われて仕方なしに同伴する事は有るが、基本的には酔っ払いを軽蔑しているのでそのような人種と、二人きりで食事に行く事は極端に嫌っている。

店の従業員とでさえも閉店後に、一緒に食事に行くのもできるだけ断っている。

それは働き出した当初は、里奈も小さかったから、早く帰らなければならなかったのと、次の日の仕事の為に休息が必要だったこともある。

翌日、佐伯から（食事に行きませんか？　美味しい寿司屋が有りますよ）とメールが送られてきた。

もし、佐伯にスナックで会っていなかったら、花梨は喜んで行きますと返事をしていると思った。

今の佐伯は花梨にとって大藪や渡辺と変わらない人種になっているので、それの返事も送らなかった。

佐伯の方は、少なからず花梨が好意を持ってくれていると思っていたので、昨日から返事が無い事が気になっていた。

佐伯は花梨からの返事の無いまま夜になって梨花に向かった。

今宵は早番になっていた優子が「いらっしゃいませ、今夜は早いですね」と招き入れた。

優子が時計を見ると、七時にもなっていなかった。佐伯は花梨からメールの返事が昨夜から無い事が気になっていて、開店時間も待ちきれずに飛び込んで来たのだった。

「梨花はかなり長いのですか？」と急に優子に尋ねた。

「私？」と指を指す優子。

「違いますよ、花梨さんです」

「花梨ちゃん？　もう十年程になると思いますよ」と答えて「課長さんは花梨ちゃんとは知り合い？」と逆に問い返した。

「昼間にドラッグストアーでお世話になったことがあって知っています」

「そうだったの？　世間は狭いわね」と優子は微笑んだ。

「花梨さんは、何曜日に来られるのですか？」

「花梨ちゃんは、火、水、金よ、だから今日は来るわ」と話す優子。

優子は直ぐに、佐伯が花梨に好意を持っていると感じ取った。

下手をすれば、今夜は渡辺さんとご対面になるかも知れないと思う優子。

その予感は直ぐに的中し、渡辺が入って来て「佐伯課長！」と驚いた様に言った。

優子からこの二人の目的が同じだとは勿論言えない。

そのことをお互い知らない二人は仕事の話をしながら仲良く飲んでいた。

しばらくして、ママの美千代がやって来て「課長さん、連チャンですね。毎度おおきに！」と笑った。

優子がママを、厨房に呼んで二人の関係を話すと、厨房から戻ったママの顔には困った感じが受け取れた。

しばらくして弓子と花梨が、一緒に入って来た。

二人が「おはようございます」と言うのと「いらっしゃいませ」との中からの声が一緒になった。

花梨は直ぐに二人の姿を発見すると「渡辺さん、佐伯さん！　いらっしゃいませ」と愛想よく会釈をしたが、心の中では今夜も長い夜が始まると思う花梨だった。

二人の前に弓子と花梨が付いて世間話が始まった。

渡辺が「暑くなってきましたが、帽子役に立っていますか？」といきなり尋ねた。

「は、はい助かっています」とやばいと思った花梨は曖昧な言葉を返したが、「先日プレゼントしたのですよ」と嬉しそうに渡辺は言ってしまった。

それを聞いた優子が、「わあ！　これはまた大変な事になるわ！」と言わんばかりの表情をした。

弓子が火に油を注ぐ様に「渡辺社長さん、花梨さんに気が有るのよね！」と笑う。

佐伯も負けずに「渡辺さんは奥様も、ご健在で仲が良いと聞きましたが？」と笑い顔を作って言うと「課長さん、冗談ですよ、お遊びですから！　家内には内密に頼みます」と両手を合わせる渡辺。

そんな会話を聞く花梨は、「このアホな連中にはお金をたっぷり使わせないと駄目だわ」と思ってほくそ笑むのだった。

たわいもない話で時間が経つと「今夜は母が家に居ますので、帰ります」と佐伯が先に席を立った。

美千代が「花梨、お見送り」と言って佐伯を見送らせた。

扉を出たところで佐伯が「気にしていませんから」と花梨に向かって言うと、ポケットから小さな包みを花梨の手に渡した。

「ネックレスと揃いの、ブレスレットです」と言う佐伯に、花梨は満面の笑みを作って「えっ、貰えるのですか？　ありがとうございます」と深くお辞儀をしながら言った。

直ぐにケースを開けると、以前に貰ったネックレスと同じ宝石が散りばめられた綺麗なブレスレットが見えた。

「ありがとうございます」と再び会釈をすると佐伯は手を振って満足げに帰っていった。

「儲かったわ、どんどん使って頂戴、圭太も沢山貢いだらしいから、私も沢山頂いても罰は無いわ！」と微笑みながら花梨は店に戻った。

花梨の本心がわからない佐伯は自己満足の世界に浸りながら帰っていた。

家に着くと母時子が開口一番「悟、嬉しそうね」と微笑みを浮かべて言った。

「判りますか？」と佐伯も微笑む。

「判るわよ、金井さんに会えたのだろう？　先日から会えないと、気を揉んでいたからね」

「はい、彼女スナックでバイトしていまして、そこに行って来ました」

「知っているわよ、何回も聞きましたよ」と時子は笑う。

「子供さんを抱えて、十年以上も一人で苦労してきたのだから、夜の仕事でもしなければ生活出来ないわよ」と時子が続けた。

「お母さん、何故そんなに知っているのですか？　僕話しました？」と佐伯は怪訝な表情で聞くと「知り合いに聞いて貰いました」と時子は答えたが、花梨の身辺調査を頼んで粗方の事は知っていたのだ。

「女の子の上に、お兄ちゃんが一人居るのよ、独立してとび職しているけれど、良い子よ！お酒も飲まない、ギャンブルもしないわね」と話す母。

「お母さん、調べたの？」と驚く佐伯に「悟が女性を好きになったのは久しぶりだから、気になったのよ！　もう私も歳ですからね！　心配だからね」と微笑む。

「前の旦那さんは、今はタクシーの運転手よ、子供達の祖父母は金井さんと同じ公団に住んでいるのよ、何が目的か判らないけれど、近くに越して来たらしいわ」

「凄い調査力ですね、まるで結婚するみたいですね」と笑う佐伯。

「お前はどう思っているの？」と逆に聞かれて「………」佐伯は言葉に詰まった。

同じ宝石でネックレス、ブレスレット、そしてイヤリングを同時に買い求めて、それをひとつずつ花梨に渡していく佐伯。

何かの時に渡そうと思って、自分の部屋の引き出しに保管していた。

今夜、その二つ目を手渡したのだった。

三つ目を受け取って貰えたら、最後は指輪を買って渡したいと考えている佐伯だった。

貢ぐ

花梨は、「この様にすれば男から色々な物を貰えるのだわ！　圭太が昔「千歳」のママに毟り取られたのが判る気がするわ、飲み屋に来る男はみんな同じ動物なのね！」と思うようになった。

佐伯に貰ったブレスレットを手首に着けて、鏡に映る手首を見ていると里奈が「お母さん！それダイヤね、ネックレスとお揃い？」そう言われて、直ぐに花梨は鏡台の引き出しからネックレスを取り出してみた。

「ほんとうだわ！」と二つを並べて見ると、確かに同じデザインの、金地にダイヤが散りばめられていた。

「お母さん、同じ人にまた貰ったのね？」と意味深げに尋ねる里奈に「馬鹿な客よ、帽子も時計も同じ様な物よ」としらけた風に花梨は答えた。

「じゃあ、私に頂戴」と里奈が強請って来たが、花梨は「駄目です、高校生が着ける品物では無いわ！」とブレスレットを見ながら微笑んだ。

「もっと、貰えれば頂戴ね！」と笑う里奈。

昔は食べ物とか、何処かの旅行の土産が多かったが、最近は急に高級品を貰ってくるので、何かが変わったと感じる里奈だった。

母も女としての時間が徐々に少なくなっているので、自分に遠慮しないで楽しんで欲しいと、最近思う様になっていたのだ。

しかし里奈の思いとは全く異なる事を考えている花梨だ。

ＤＳアサヒでは、佐伯に会わない様にしていて、その後も何度か佐伯は来たのだが、花梨は隠れていた。

完全に自分にとっての佐伯は夜の仕事上の人に変わっているので、昼間は会いたく無いのだ。

佐伯はＤＳアサヒに行ってもなかなか花梨に会えないので、週に二回は花梨の出勤日を狙って「梨花」に足を運んだ。

美千代は「花梨のファンがまた増えて、売り上げが助かるわ」と喜んでいる。

佐伯は一、二週間に一本のペースでボトルを空けてくれるので大いに助かるのだ。

花梨は佐伯に「昼の職場で、夜の仕事の梨花のお客様と話すと周りに良く思われないので、すいませんが声をかけないで下さいね」と微笑みながら言った。

佐伯は、ここのお客さんに声をかけられて何か困った事が有ったのだと勝手に解釈して、その後はＤＳアサヒで花梨を見かけても声を掛けなくなった。

数日後、何処で調べたのか、ＤＳアサヒに鎌田の祖父母がやって来てお金も持たずに買い物をした。店員が支払いを求めると「私はここに勤めている、金井の親だ！　逃げも隠れもしない」と騒いだのだ。そのことをお店から早番で帰っていた花梨に連絡があった。

金額を尋ねると五千円程度だったので、私が払いますと言って終わったが、梨花に行く準備の最中なのに、もう少しで呼び出されるところだった。

花梨はこの出来事に興奮したまま店に向かった。

この興奮がのちのち別の事件を巻き起こすことになってしまうとは、その時の花梨には判る筈も無かった。


八時に店に入ると既に大藪がカウンターに座って待っていた。

渡辺と佐伯は今夜は来ていなかったので、ママが大藪の前に行きなさいと花梨に目で指示を送った。

「こんばんは、いらっしゃいませ」と言うと大藪は「もうボトルが空になったので、花梨さんが来たら、あのボトルを下ろして飲もうかと待っていたのですよ」と指さした。

それはこの店でも飾り用にと先日置いたばかりの高級ブランデーだった。酒屋が「飾りのつもりで置いていたらいかがですか？　店に箔が付きますよ。中には一人位飲んでくれる人がいれば儲けものですよ」と言って、置いたものだった。

売れれば酒屋に支払う予定の置物の様な酒を、早速大藪が飲もうと言い出したのだった。

「大藪社長、本当にこれを？」と美千代が驚いた顔で確認をした。

「ママ、それ十万程でしょう?」と言う大藪の顔は笑っていた。

「大藪社長のおっしゃる値段にしますよ」と笑顔で答える美千代は、棚から下ろして大藪の前に置いた。

「ロック?」と花梨が尋ねると「ストレートで飲みますよ、チェイサー下さい」と微笑んだ。

恵美子が「ここに、二人のどちらかが来たら、どうなるの?」と思って薄笑いを浮かべながら、ブランデーグラスを大藪の前に置いた。

「もう一つ下さいよ」と大藪が言って、花梨に勧めた。

「私、ブランデーは弱いので」と花梨が遠慮をすると、美千代が「こんな上等なお酒は中々飲めませんよ」と自分が飲みたい様に言った。

「ママもどうぞ」とママにも勧めると、恵美子が「私も飲みたいな」と言うので「それでは皆さんで飲みましょう」と大藪は笑いながら言った。

昔、花梨はブランデーを飲んで悪酔いした経験が有ったので飲むのを控えようとしていたのだ。

「乾杯!」「乾杯!」「乾杯!」と三人が言った後、大藪が「はい、乾杯」と一口飲んで「美味しい!」と声を上げた。

一口飲んでも全く美味しいと思わない花梨だったが、美千代も恵美子も声を揃えて「美味しいわ」と言うのでそれに合わせて「美味しいです」と言った。

しばらくして、客が二人入って来て、恵美子はその客の前に移動した。

九時になって、いつもなら来る時間では無いのに佐伯が役所の先輩と女性と三人でやって来た。「丁度そこで、会ったのよ」と言いながら弓子も一緒に入ってきた。

美千代が「課長さん、今夜は遅いですね」と微笑んで言った。

佐伯はチラッと花梨を見たが、花梨は「いらっしゃいませ」と言っておしぼりを三人に渡しただけで直ぐに大藪の前に戻ると「美味しいわ」とブランデーを一気に飲み干した。

花梨は、佐伯が女性を真ん中にして、楽しそうに話をしているのが何故か腹立たしかったのだった。

夕方の鎌田の祖父母の事を、大藪に話し始めた花梨は、更に腹が立ってきたのか、二杯目のブランデーも飲み干してしまった。

「美味しいでしょう?」と大藪が強要する様に言う。

美味しくは無いが「はい、高いお酒は格別ですね」と饒舌な花梨。

そこに、五人の団体客が入って来てボックスに座ったので、ママがボックスに行った。

しばらくすると、佐伯と女性がデュエットを歌い始めた。

梨花の女性達は、それぞれの客の対応で忙しく、花梨がどれ位飲んでいるのか判らない。

十時半を過ぎた辺りで大藪は、花梨が酔っ払っている事に気が付くと、これは面白そうだと自分は飲む事をセーブし始めた。

大藪はチャンスが有れば、いつでも狙ってくる男だと普段は警戒していた花梨だったが、この時は酔いが廻ってしまい思考力が無くなっていた。

ラブホテルにて

十一時を過ぎて、佐伯達は帰って行ったが、交代の様に二人の客が入って来たので佐伯についていた弓子も引き続き入って来たお客に付いた為、酔いが廻っている花梨の様子を見る暇も無かった。

佐伯は、見送りにも出て来ない花梨を不満に思っていたが、そのことを知り合い二人には悟られない様に振る舞って帰って行った。

十二時前になって、客が次々と帰って行くと、カウンターに顔を伏せて眠っている花梨にやっと気付いた美千代は「花梨さん、どうしたの?」と大藪の所に来た。

「先程から、寝ちゃったよ」と笑う大藪。

「えー、こんなに飲んだの？」とボトルを見るとブランデーは三分の一程の量になっていた。

しばらくして、大藪以外の客が全員帰ったので、弓子と恵美子は片づけを始めた。

「ママ、すまないな、こんなに酔っ払っているとは知らなかったよ」と笑みを浮かべる大藪。

「困ったわ、自転車は明日取りに来るにしても、公団に連れて帰るのがね」と言う美千代。

そこで大藪が「飲ませた私の責任だから、タクシーで送るよ」と待ってましたとばかりに言ったが、危険を感じた美千代は「私が送るわ！　車取って来ますから、片付け終わる迄待って」と答えた。

しかし、大藪は既に自分がいつも使う個人タクシーの菅原に、美千代に気付かれないようにメールで連絡をとり待機する様に指示をしていた。

何度となく大藪の指示で女性をラブホに連れ込んだ菅原はよく心得ていた。

いつも過分の小遣いを貰っているので、手慣れた行動をとると久々に小遣いが貰えると張り切っていた。

しばらくして、駐車場に車を取りに行った美千代は、あとわずかで店に戻り着くところでパトカーに止められてしまった。

「飲酒運転の車が多いとの、通報が有りましたので」との警官の言葉に「殆ど飲んでいませんよ」と答えたが美千代は直ぐに取り調べを受けた。

直ぐさま美千代は店に電話をすると、それを受けた弓子は「えー、ママ飲酒で捕まったの？」と驚きの声を上げた。

弓子も飲んでいて、同じ場所に車を駐車しているので、しばらく動け無い状況になった。

恵美子は亭主が迎えに来て先に帰って行ったので、ママが店に戻ると大藪と二人で花梨を公団に送る予定にしていた。

ソファーに寝そべる花梨は全く動かない状態だ。

「困ったわ、ママ警察に捕まったみたい」と弓子が大藪に言った。

「えー、それは困りましたね、弓子さんも車でしたね？」と心配を装うが内心は喜んでいた。

困り顔の弓子が「同じ駐車場だから、捕まるわ」と弓子も動け無いのだ。

「私の知り合いのタクシー呼びましょうか？　もうすぐ一時になりますよ」と時計を見る大藪。

暫くしてママへ何度か電話をするが連絡が取れないので「大藪さんも遅くなるわね、お願いしなければ仕方無いわね」と弓子が仕方なく大藪にお願いした。

車を没収されて、身元引き受けが来るまで引き止められると思う大藪は「ママは警察に連れて行かれましたね」と言った。

大藪は菅原に電話で「菅原さん、梨花のビル前まで、来て貰える？　かなり酔っているのですまないけれど大変だよ」と伝えた。

弓子が「すみませんね、私が乗せられたら良かったのですが」と謝ると「私が飲ませ過ぎました」と大藪は逆に謝った。

しばらくして菅原から連絡が入ると、大藪が花梨を背負い、弓子が大藪のショルダーバッグを持って一階に降りた。

弓子は目の前に止まっているタクシーを見て「ママがよく使っている、菅原さんのタクシーだ」と安心して言うと「ご苦労さまです」と菅原に声をかけた。

菅原は「梨花さんの女の子だったね」と弓子を見て笑顔で答えた。

菅原は花梨の顔を見たが、数度しか会ってなく覚えていなかったので、従業員とはわからず、大藪が連れて来た客だと思った。

大藪がまた何処かの女性をものにする為に、酔い潰したと思っていたのだ。

大藪たちが花梨を車に乗せると「荷物はまた明日、渡すわ」と言って弓子は大藪の重いショルダーバッグを彼に手渡した。

「お願いします」と弓子が大藪に頼むと、扉が閉まって車が発車した。

「大藪社長、今夜の子は随分酔っていますが？　大丈夫ですか？」と菅原は心配して尋ねると、大藪は獲物を手に入れた顔で「風呂でシャワーを浴びれば目が醒めるよ」と笑った。

「いつものホテルですか？」

「そうだ、頼むよ」

「二時間程でお迎えに来ますか？」と確かめる菅原。

「家に帰って着替えないと駄目だからな、七時に帰れば間に合う」と微笑んで答える。

完全に意識を失った状態で眠っている花梨を見ながら、今夜は上手く事が運んだと大藪は喜んでいた。

ほどなく、ラブホに着いたタクシーは入り口の路肩に停車した。

その時菅原の携帯には（警察に迎えに来て貰えませんか？）と美千代からのメールが送りつけられていた。

大藪は、菅原に手伝ってもらい花梨をラブホの中に連れて入った。

「それでは、また後で来ます」とお金を貰ってタクシーに戻る菅原。

携帯のメールを見て「警察？」と不思議に思いながら、美千代を迎えに警察に向かった。

美千代は家族に連絡が取れないので、本日はタクシーで帰って明日車を誰かが取りに来る事で許されていた。

ラブホから十分程で菅原は警察に到着した。昼間は渋滞で時間がかかるが深夜は早い。

警察の前で「ママさん、どうされたのですか？」と驚き顔で尋ねる菅原。

「飲酒で、捕まったのよ」と苦笑いをしながらタクシーに乗り込む。

「えー、珍しいですね」

「本当よ、今夜はびっくりしたわ」と怒った様に美千代が言った。

「今、梨花さんの客を送って行って、また直ぐにママを迎えに行くとは思わなかった」と笑って話す菅原。

「えー、誰を送ったの？」と不思議そうに美千代が尋ねと「今、大藪社長を送って行ったのですよ」と答えた
「自宅は遠いでしょう？」と怪訝な顔の美千代。

「いつもの、女性連れ込みですよ、今夜の女性は大変酔って……」と言うやいなや、その言葉を遮って「その、ホテルに急いで」と美千代の態度が急変した。

「どうしたのですか？」と驚いて尋ねる菅原。

「その子、うちの従業員よ！　大変だわ！　急いで！」と慌てる美千代。

菅原のタクシーをよく使う美千代は、殆どの話をこの男から聞いていたから、大藪のやり口は知っていた。

「大変だ、従業員さんが承知の上なら良いが、あれだけ飲んでいて判らない時に強姦したら犯罪になりますよ」と菅原も言った。

ラブホでは、大藪は部屋に連れ込んだ花梨を大きなベッドに寝かせると、鞄からカメラを取り出して撮影を始めていた。

後で文句を言われない様に卑猥な写真を写して、身の安全を確保する魂胆だ。

服を脱がせて撮影をしようと、まずはスカートを脱がせに入る大藪は「酔っ払いは何故こんなに、重いのだ」と呟きながら花梨を俯せにすると、ファスナーを降ろしてスカートを足から抜き取った。

それから半袖のブラウスのボタンを外してキャミソール姿にした。

大藪はカメラを巧みに構えて数枚の写真を撮ると「中々、寝顔が可愛いじゃないか?」とキスをしようと花梨に覆い被さった。その時胸と腹を圧迫したのか花梨が「うえー」と嘔吐し始めた。

大藪は「えー、何だ」と直ぐに花梨から離れたが、圧迫が治まると、また眠り始めた花梨。それを見て「こりゃ、相当酔っているな?」と風呂場に連れて行こうと考えた。

酔っ払い

風呂場にようやく連れて行って、キャミソールを脱がせようとした時、室内の電話が鳴り響いた。

「何だ、五月蝿いな」と言いながらベッドに戻って受話器をとるとすぐさま「大藪社長！　何と言う事をするの？　酔っ払って意識の無い女性を強姦すると犯罪ですよ」と美千代の甲高い声が聞こえた。

「えー、ママ」と驚いた声を上げる大藪の耳に「今、お風呂？　花梨は気が付いたの？」さらに大きな声が響いた。

「まだ、風呂には入ってない、酔っ払って寝ている」

「そうなの？　本人は気が付いてないのね」

「まだ、判ってない」

「今夜の事は、二人の秘密にしましょう、何事も無かった事に」と言うと電話が切れて、直ぐに美千代が扉をノックしてきた。

その僅かな時間の合間に大藪は慌ててカメラを隠した。

美千代は部屋に入って来るなり浴室に向かうと、寝そべるキャミソール姿の花梨を見つけて

「手伝って、服を着せて自宅迄送って行きましょう」と大藪に言うと幾分安堵の顔を見せた。

「何故？　ここが判った？」と不思議な顔をする大藪に、「同じタクシーに乗ったのよ」と美千代は言った。

「菅原タクシーか？」

「菅原さんは、うちの子だと知らなかったのよ」

大藪は美千代に黙ってくれる様に頼む立場に変わってしまった。

しばらくして、二人は菅原のタクシーに花梨を乗せて公団に送って行った。

公団に到着の頃になって、花梨は漸く酔いが醒めて来たのか「すみません、酔っ払ってしまって」と謝った。

それでも歩けないので、二人は肩を貸して公団の自宅迄運んだ。

家の玄関で花梨の姿を見て驚いた里奈は「ママ、こんなに酔っ払って？　大丈夫」と言って二人に支えられたフラフラの花梨を迎え入れた。

帰りのタクシーの中で、美千代は今までと変わらず接して貰いたいと大藪に念を押した。

大藪は大きな秘密を美千代に握られたので、従わざるを得ない。

美千代を自宅で降ろすと、タクシーの中で大藪が「菅原さんの、上客がママだったのは、知らなかったな」と驚いた様に話した。

「社長も、酔い潰して店の子に手を出したらいけませんよ、犯罪で訴えられても、仕方が無かったのですから」と菅原は強い口調で言った。

実は美千代を嵌めようと警察に連絡したのも大藪だったのだ。大藪は上手く事が運んだと喜んでいたのにこのような哀れな結末となったことが悔やまれてならなかった。

自宅に帰った花梨は、水を飲むと死んだ様に眠った。翌日は完全に二日酔い状態で、家に閉じこもり、夜の仕事も休む事になってしまった。

幸い昨夜の事を花梨は何も覚えていない事が判った美千代は一安心したが、世間は恐いもので、何処からこの話が漏れて花梨の耳に聞こえるか判らないので心配の種は残った。

木曜日になっても頭痛が続く三日酔いに苦しんでいた花梨は、もう二度とブランデーは飲まない様にしようと心に誓った。

DSアサヒに何とか行って昼過ぎになった時に「最近、佐伯さん買い物に来ないわね」と同僚が花梨に話した。

確かに最近DSアサヒで、佐伯に会う事は無かったがなんとなく店にも来ていない気がしていた。

先日の夜に三人で遅い時間に「梨花」にやって来たのを見たのだが？　と気になった。

佐伯は、母時子が大腿骨の骨折で完全看護の病院に入院をしたので、おむつとかを買う必要が無くなっていたのだ。

佐伯が母を見舞いに病院に行くと「あの女の人とは、その後どうなの？」と時子が尋ねた。

「どうって？」と惚ける佐伯に「悟、好きだったのでしょう？」と確かめる時子。

そう言われても相手の気持ちが何とも判らない佐伯には、はっきりと答えられない。

「しっかりしなさい、悟は女性に優しすぎます」と手厳しい時子の声に「はい、すみません」と頭を垂れて謝る佐伯だ。

時子の骨折の手術は成功したが、年齢が年齢なのでリハビリと合わせると三ヶ月以上の入院となった。

最初の病院で一ヶ月、そこから転院してリハビリが普通で二ヶ月、長ければ三ヶ月になる予定だ。

佐伯は病院に毎日行なくても良い様に転院先も完全看護の病院を予約した。

先日「梨花」に佐伯と一緒に来た二人は、その病院を紹介してくれた森田という飲み友達とその病院の婦長赤松さんで、森田の友人だった。

佐伯は二人に食事をご馳走した後、スナック「梨花」に誘ったのだった。

佐伯は、「梨花」に行く日も徐々に減って、月に二度程しか行かなくなった。

母の病院に行かなければならなく、酔っ払っては行けないのが理由のひとつで、もう一つは花梨を食事に誘っても来て貰えないので、半ば諦めかけてもいたのだ。

店に行っても、花梨は殆ど別の客について佐伯の前には来ないのが、足が遠のく理由にもなっていた。

母の時子に花梨との状況を聞かれた時は、自分は好意を持っているのだが、相手にされない今の状況では何とも答えられなかったのだ。

大藪の事件から二週間が経過した。大藪も少しばつが悪かったのか、週に一度少しの時間だけ店には来るがすぐに帰って行くようになった。

相変わらず週に二日程度必ず来るのは、渡辺社長だけだった。

しばらくして母時子がリハビリの病院に転院すると、佐伯は梨花が近くなったので久々に扉を開いた。

「いらっしゃい、課長さんお久しぶり」と恵美子が笑顔で迎え入れた。

今夜に限って、既に大藪と渡辺がカウンターに座っていた。

渡辺が「佐伯さんお久しぶりです」と会釈をした。

佐伯は一応役所で元上司だったこともあり、昔は世話になっていたので、遠慮しながらの態度である。

この顔ぶれに恵美子は、今夜はどの様な展開になるのだろう？　と興味津々だ。

しばらくして、ママの美千代がやって来くると「課長さん、お久しぶり」と笑顔で挨拶をした。

しかし、すぐに恐い顔をして大藪のところに向かった。

美千代は免停になっているので、最近は菅原タクシーを足に使っていたが、先ほど来るときにその菅原が「これ誰だか判りますか？」とある写真を見せたのだ。

その一瞬に美千代の顔から一気に血の気が引いたのだった。

それは、花梨の下着姿の写真だった。それで美千代は店で大藪を見つけるなり興奮して大藪のところに向かったのだった。

大藪以外に犯人は考えられないからだ。

大藪は花梨とは縁のない女性に、花梨の写真を見せると「この女四十五歳で、先日抱いたのだよ、お前より綺麗か？」と聞くなどして、女を引っかけるネタに使っていたのだ。

写真を見せられた女性が菅原のタクシーに乗った時に「私の方が断然若いし、綺麗だわ！見てみる？」と菅原に話してメールの写真を見せ「この女が誰か知らないか？」と尋ねたのだった。

世間は狭いから、直ぐに菅原から美千代に伝わったのだ。

最後のプレゼント

美千代はトーンを落としたが強い口調で「大藪さん、貴方！　あの日写真を写していたでしょう?」と大藪に言った。

「えっ！」と驚く大藪。

小声で「ネガ出しなさいよ！」と美千代は詰め寄った。

周りの人には写真という言葉だけが判ったが、何か複雑な話をしているようにしか聞こえなかった。

だが、直ぐに弓子と一緒に花梨が入って来ると美千代は話を中断した。

花梨は大藪のところからママが離れないので、仕方なく佐伯の前に行く事にした。

「課長さん、久しぶりね」と微笑むと、佐伯も微笑んで「母が入院していたから、来られなかった」と言った。

「何処が?　悪かったの?」と心配そうな顔で花梨が尋ねた。

「転んで、大腿骨を骨折してしまったのです」

「まあ、転んで?」

「歳ですからね、足腰が弱っているのですよ」今夜は花梨が佐伯の前に絶えず居座ることとなった。

花梨は大藪の前には美千代が陣取って動かないから、佐伯の相手をしているのだが、佐伯は自分の事を気にして、居てくれると思い違いしている。

渡辺が弓子と歌を歌い始めると新しい客が入って来た。

その相手を恵美子がしたので益々花梨と佐伯は二人きりとなり話し込む事になった。

流石に写真の事で窮地に追い詰められた大藪は、チャンスが有れば逃げだそうと考えていた。

美千代が厨房に消えると、大藪は待っていた様に恵美子に手振りで帰ると伝えて、勘定は後日という仕草をすると、急いで店を出ていった。

すると慌てたのは花梨で、あの日酔っ払って世話になったと思っていたから、お礼を言おうと大藪を追い掛けようとしたところを、先に厨房から美千代が飛び出して大藪を追い掛けた。

その後を花梨は遅れて追いかける格好になった。

「写真！　花梨の写真置いて行って！」と大きな声を出す美千代。

花梨は「せんじつ……」で言葉が止まってしまった。

「何？」「私の写真？」「大藪さんに？　写真って」と次々と独り言を言いながら美千代の後に付いて行くと、急に美千代が振り返って「逃げて……か、り……」と言いかけ言葉を失った。

「ママ、私の写真って?」と尋ねる花梨。

「いや、その、何でも無いわ」と慌てて美千代は誤魔化すと、作り笑いをしながら店の中に花梨を連れて入った。

その後しばらくは花梨と佐伯は会話を楽しんだが、時間が来たのか「帰りに病院に立ち寄りたいので、帰ります」と佐伯は機嫌良く立ち上がった。

「遅い時間で大丈夫ですか?」と花梨が病院の時間を気にする。

「少しなら」と言うと勘定を済ませて外に出ると、花梨だけが見送りに出て来た。

佐伯は最後のプレゼントのピアスの小箱をポケットから出して、花梨に放り投げる様に渡した。

それをキャッチした花梨は「これは?」と驚いた表情で言った。

「今夜は楽しかった、沢山話も出来ました、貴女に似合うと思います」と照れながら言う佐伯。

花梨は小箱を開けて「綺麗なピアス!」と満面の笑みを浮かべた。

「セットですから、また近い内に見に来ます」と佐伯は嬉しそうに帰って行った。

花梨は大事そうに小箱を胸のところで持って店に戻りながら、「やっぱり男はアホだな、少し話をするだけで、こんな物を貰えるからね」と含み笑いをしていた。

時計は九時半を指していた。花梨は、今夜は結構早くに大藪が帰ってしまったものだと思ったが、同時に先程のママの「写真、花梨の写真置いて行って！」と言った言葉が頭に蘇った。

自分が大藪の写真のモデルになった覚えは無かったが、大藪が高級カメラをいつも持ち歩いていて「写してあげましょうか？」と何度か言われた事は思い出した。

でも一度も応じた記憶が無いのに、何故？　と考え込んだ。


病室に行った佐伯は「お母さん、一度話してみようと今夜決めたよ」と時子に言った。

「悟が嬉しそうに、遅い時間に来るから、何事かと思ったわ」と微笑む時子。

「今夜ね！　色々話をして、改めて良い人だと思ったよ」と嬉しそうな佐伯。

「お前が決めたのなら、お母さんは何も言わないよ、まだ長い人生だから一人は寂しいからね」と息子の心配をする母親だった。


自宅に帰っても花梨は、写真の言葉と慌てたママ美千代の姿が離れなかった。

貰ったネックレス、ブレスレット、ピアスを揃えて着けると鏡を見てご満悦の顔になる花梨だったが、またすぐに写真の事を思い出した。

「若しかして、私が酔っ払って倒れていた写真を撮影された？」

「きっとそうだわ、間違い無いわ！　寝て居て記憶が無かったから、撮影されちゃったの？

恥ずかしい！」と考えながら花梨は眠った。

翌日も美千代は、大藪に再三電話をするが居留守を使われてか電話に出ない。

美千代はあの写真を悪用されたら、困るので必死になっていたのだ。

そうとは知らない花梨は、早速あの三点セットを身に着けて、機嫌良く出勤してきた。

目敏い弓子が「それ、セットじゃないの？　ダイヤ？」と目を凝らしてじっと見て「やっぱりダイヤだ！　本物ね、それ程高くはないけれど、三点セットだからねー」とうらやまし気に微笑み「誰に貰った？　大藪さん？　そうでしょう？　大藪さんだ！」と言い切るのだった。

「違うわよ！」と花梨が言うと「気をつけなさいよ、大藪さんホテルに連れ込むと必ず写真を撮るらしいわよ！　撮られてない？」と弓子が言ったので、その言葉を横で聞いていた美千代は背筋が凍る思いがした。

花梨は「大藪さんじゃ無いから、大丈夫よ！　写真なんて……」と言いかけると途中で言葉が止まった。

「どうしたの？」と怪訝な顔の弓子に「何でも無いわ、兎に角大藪さんは関係無い」と言い切る花梨。

その時、渡辺が入って来たので「いらっしゃい」と声を揃える三人。渡辺が「似合っていますよ」と花梨の装飾品を見て言ったので、弓子は渡辺が花梨に贈った物だと決め付けた。

「お客様に、色々頂いてすみません」と美千代まで渡辺にお礼を言った。

顔では笑っていた花梨だが、写真、大藪、ラブホの言葉が頭の中を渦巻いていた。

記憶を取り戻そうと必死になっていた。

「あの日、ブランデーを飲みすぎたのは、夕方の祖父母の事が原因で興奮して店に入ったからだ。その後佐伯達が三人で来ると今まで見た事がない女性と同伴だったのを見て、飲みすぎた？　何処かで胸を圧迫されて、吐きそうになった？　あれは？　何処？」ラブホのベッドで寝て居た記憶が途切れ途切れに表れて来た。

「どうしたの？　花梨さん、ぼんやりとして？」と弓子に言われて、花梨ははっと我に返った。

記憶

今夜はライバルが一人も来なかった渡辺は、ワンマンショー状態となり上機嫌で終始した。

花梨は渡辺の相手をしながらも、あの夜の事を必死に思い出そうとしたが、自宅に送ってくれたのは？　菅原タクシーって書いて有った事までしか思いだせない。

自宅に大藪とママが連れて入ってくれた様な気がしていたが？　と考えているとふと「里奈

に帰った時間を聞けば店が終わってから帰宅までの時間が判る」と思い立って、すぐに里奈にメールを送った。

しばらくして（何を今頃！　三時過ぎだったわよ、何も覚えて無いの？）と里奈からメールが返信されて来た。

「えー、三時？」と携帯を見て口走る花梨に、渡辺が驚いてわざと「三時って？　明日でもデートしてくれるの？」と言って笑った。

「うちの花梨さんはお客さんとはデートは一切しません、私はいつでもＯＫですが」と笑い顔で言う弓子。

「それが男心を操るのだよ、弓子さんも見習ったら？」と言う渡辺に「私は、美味しい物が食べられるなら、誰とでも行きますよ」と言い返した
それに対して「ホテルでも？」と渡辺が言った。

それを聞いていた花梨の頭には、「ホテル？　三時？　十二時過ぎに店を出たら、三時にもなって自宅に到着する訳無い。車なら十分もかからないから、益々時間がおかしい。写真？」という疑惑が湧き起こってきた。

しかし、ＳＥＸをしたという感じは全く無かったし、翌朝目覚めた時に下着もそのままだった事は記憶していた。

空白の三時間が気になる花梨は、仕事が終わってから弓子にその時の事を聞こうと思い「少しお腹が空いたわね、ラーメン食べに行かない？」と誘った。

ラーメン屋に入ると直ぐに花梨は「私が、酔っ払った日の事覚えている？」と弓子に尋ねると「凄い酔い方で、寝て居たわね」と言われた。

「私、家に帰ったのが三時過ぎだったのよ、大藪さんとママに送って貰ってね、何故？　三時まで？」と尋ねる花梨。

それを聞いて弓子はあの日の事を思い出そうとしていた。

勘の良い弓子は、花梨の言葉で大体の話の筋道が判ったが、弓子も大藪が花梨を襲ったと勘違いして「遅くなったのは、ママが飲酒で警察に捕まったからよ」と誤魔化した。

「そうなの？　飲酒で捕まったのは私が原因？」と驚く花梨。

「私も飲酒で捕まりそうだったから、車で待機してから帰ったのよ」

「そうだったのね」

「多分警察に行ったから、遅くなったのよ」と弓子は花梨に説明した。

花梨も半分納得したのか、ラーメンを食べると帰宅した。

その後花梨は、一週間ほど出勤の度に佐伯に貰った三点セットを身に着けていたが、佐伯は姿を見せなかった。

勿論ＤＳアサヒにも来る事が無かった。

メールもあのピアスを貰った日から一度も届かない。

元々自分の方から絶対にメールを送ることが無い花梨も、流石に心配になって来た。

数日後店に来た渡辺が「佐伯課長さん、入院されているらしいね」と恵美子に話した。

七時半なので恵美子以外は誰も出勤していない。

「最近見ないと思ったわ、何処が悪いの？」と心配顔で聞くと。

「定期検診で引っかかったので、検査入院だと聞いたけれど、年取ると人ごとでは無いよ」と渡辺は笑い顔で言った。

八時に花梨が来たが、佐伯の話を渡辺はする事もなく世間話に終始した。

大藪はあの日から、顔を見せないので、確かめる術が無い花梨。

十二時になって恵美子が「佐伯さんって入院されているのね」と花梨に話すと「そうよ、後二ヶ月は入院らしいわよ」佐伯の母親の事と勘違いして花梨が言った。

「知っていたのね、それで来られないのに、気にしてなかったの？」

「まあね」と花梨は母親の具合が悪いので来られないと誤解しており、恵美子は花梨には既に連絡があったのだと思ってしまい、お互いが誤解したままでの会話となっていた。

数日後、美千代が「課長さん、入院されている様よ」と何処で聞いてきたのか判らないが、店で弓子と恵美子に話した。

「花梨は知っているのかな？」と心配する美千代に、恵美子が「知っていると先日話していたわ」と言った。

「見舞いに行ったのかしら、世話になっていたのだろう？」

「行ったから、知っているのでは？」

「それなら、良いけれどね」と話すと「今度の日曜に行って来ようと思っているのよ」と美千代が言った。


佐伯は役所の検診で肺に影が映って検査入院をしたが、そのまま県立病院に入院となっていた。

父親も肺癌で、比較的早く亡くなっていたので本人は注意をして煙草も控えていたが、仕事の関係で周りはヘビースモーカーが多く自分だけ注意をしていても限界があったのだ。

佐伯は自分の病気は母親には隠しているが、知られてしまうのは時間の問題だった。

日曜日に病院に見舞いに行った美千代に「ママさん、わざわざお見舞いに？」と佐伯は驚いた表情で迎えた。

「そうですよ、最近来られないので、心配していましたら先日、役所の方から課長さんが入院されたと聞きまして、遅ればせながらお見舞いに来ました」と美千代が笑顔で言った。

「それは、すみません気を遣わせまして」と元気そうに喋る佐伯。

「実は肺癌なのですよ、親父と同じですよ」と笑いを浮かべて言った。

「容体は如何ですか？」

「来週手術の予定です」

「まあ、手術？」

「器具を入れて切除する手術で、全身麻酔でなくて局所麻酔で行うので、比較的簡単の様に先生はおっしゃっていました」

「でも、手術と聞いただけで恐いわ、花梨来ましたか？」

「いいえ、花梨さんには何も話していませんよ」

「そうなの？　知っている様に言っていたのに、変ね」と見舞いの果物篭を置いて帰ろうとすると、佐伯は引き出しから小さな包みを取り出して「これを、花梨さんに渡して貰えませんか？」と美千代に頼んだ。

「何なの？」

「これは、花梨さんに渡そうと思って買った物なのですが、入院してしまって渡せなくなったので、すいませんがお願いします」微笑みながら手渡した。

「自分で渡せば良いのに」と美千代が言うと「簡単な手術だと言っても、一応は覚悟が必要ですから、早めに渡して置きたいのです」と真剣な表情の佐伯だ。

「そうなの、じゃあ、預かるけれど、何て言えば良いの？」

「それは、無事退院出来たら自分から言います、取り敢えず渡して下さい」と言うと、その後はその話にはお互い触れなかった。

母の遺言

美千代はその包みが、装飾品だと直ぐに判った。

それも、指輪？　だと感じ取ったが、佐伯と花梨の関係はよく判らないので、次回花梨が店に来たら佐伯さんの病状を話して渡そうと思った。

時子に病院から佐伯の病状の連絡が届いたのを佐伯本人は知らなかった。

身内の承諾を貰う為に病院から連絡を受けた時子は大きなショックを受けて、一気に衰えていった。

美千代が花梨に会ったのは、火曜日の八時過ぎだった。

「花梨、佐伯さんの入院知っているのかい?」

「はい、お母さんの入院は知っていますよ」と平然と答える。

「ちがうわよ、課長さんの方よ」

「えー、知りませんが?」と驚く花梨。

「県立病院に入院されているわ、肺癌らしいわ」

「えー、肺癌?」と病名を聞いて更に驚く花梨。

「時間作って、お見舞いに行って来たら?」と美千代が言うと「私一人が見舞いに行くのは、変でしょう?」と言い始める花梨。

「花梨は世話になっているでしょう?」

「別に特別には何も無いわよ」と言うので「これ預かって来たわ、自分で渡したかったけれど、来週手術だから、気になるから渡して欲しいと言われて、預かって来たのよ」と包みを渡すと、花梨は早速開けてみた。

「わあー」と驚きの声を上げる花梨に、恵美子が見に来て「わーダイヤの指輪」と言った。

「こんなの、貰うと困るわ、変な関係だと思われる」と言い始める花梨。

「そう思うなら、自分で返してきなさいよ」と美千代が言う。

恵美子が「この指輪、結構な値段よ」と食い入る様に見る。

そこに杏子がやって来て「わー、指輪！　誰の？」と尋ねた。

「お客さんの課長さんが花梨さんに、プレゼントしてくれたのよ」と恵美子が教えると「課長さんは帰られたの？」と杏子。

「ママが病院で預かって来たのよ、その課長さん肺癌なのよ」

「えー肺癌、もう駄目なの？」杏子は勝手に話を飛躍させる。

そこに、五人の客が入って来たので、その話は途切れてしまった。

杏子が小声で「貰っておきなさいよ！　若しかしたら、亡くなるかも知れないし、花梨の為に買ったのだろうから、返されるとショックで……」と脅かす様に花梨に話した。

帰る頃になると花梨は「圭太が貢いだと思えば良いのよね、高いって言っても十万程度だろう？　杏子が言う通りだわ、返すとショックになったら駄目だから、頂いておこう」と決めてしまった。

弓子はラーメン屋で花梨に尋ねられた話が気になっていた。

大籔と何か有ったのではないかと機会が有る度に菅原タクシーを探していた。中々巡り遭わなかったが、随分経過してから漸く見つけることができた。

「梨花の方ですよね」

「そうです、聞きたい事が有るのですが?」

「何でしょうか?」

「もう随分前の事なのですが?」と粗方話すと菅原は「その話ね、知らなかったのですよ!店の女の子だと知っていたら。大藪さんの彼女は執念深いでしょう?」と言うので「やはりね、行ったのね」と弓子は納得した。

「内緒ですよ、ママに叱られますからね」菅原は大藪の彼女に、他に何処の女性をとか、その後はどうなった? とか何度も聞かれて、うんざりしていたのだ。

菅原は大藪の彼女がついに「梨花」に乗り込んできたので、彼女の事を尋ねに来たのだと勘違いをしていた。

弓子は勝手な想像をすると、菅原にお金を少し渡してお礼を言った。

「あの日、大藪にやはりラブホに連れ込まれたのね、時間も丁度それ位になるわね、面白い秘密だ」とほくそ笑んだ。

翌週になっても、花梨は病院に見舞いに行った様子も無かった。

美千代が「お見舞いに行ったの? 今週手術だと聞いているのよ」と教えても「お見舞い誰も行かないのでしょう? 私だけ行ったら変でしょう?」と花梨は困った顔をした。

「でも指輪貰ったでしょう? 見舞いに入った方が良いのでは?」美千代が言う。

「飲み屋さんに来る人って、自分が遊ぶ為にプレゼントするのよ、渡辺さんも大藪さんも他の人も色々貰いましたよ、その度に見舞いに行っていたら，身体が持ちませんよ」と笑いながら言う花梨。

そんな態度の花梨には美千代も呆れてしまうが、確かに大藪は花梨の身体を目当てに、ホテルに連れ込んで変な写真を写していたのは事実だ。

機嫌を損ねて、花梨に店を辞められても困る美千代はそれ以上言うのを諦めた。

結構花梨目当ての客も多かったのだった。


数日後、佐伯の手術は無事に終わり、後数週間で退院できる見込みになっていたが、母時子の容体の方が悪くなっていた。

電話で婦長が連絡をくれるので、佐伯は母の容態が悪い事は判っていたが、自分もまだ動ける状況ではないのでどうする事も出来なかった。

「美千代さんは花梨さんに渡してくれたのだろうか？」花梨からはお礼のメールも一切届かないので、佐伯は不安になっていた。

花梨に、ママに預けていた物は気に入りましたか？　とも連絡できない佐伯。

母が花梨と自分が結ばれると信じていた矢先に、癌が見つかっての入院から手術となったことで不安が大きくなっていた佐伯だった。

ピアスを渡した時の反応が良かったので、次回は指輪を渡して告白しようと思っていたが、思わぬ病で仕方なくママに品物だけを預けてしまった事を後悔していた。

でも、もしも手術が失敗ならせっかく買った品物が無駄になってしまうと……。


月末になって漸く退院をした佐伯は、母の病院に急いで向かった。

母時子は、痩せこけて眼光だけが鋭く見えた。

「お母さん、心配をかけました。無事手術も終わり今日退院しました」と言うと「よ、か、った」とか細い声で答えた。

「そ、こ、に」とベッドの側の引き出しを指さす。

「何か？　取るのか？」と引き出しを開けると、手紙が入っている。

「これを、どうするの？」と尋ねる佐伯に「や、ぶ……」と言うと、意識を失った。

佐伯は驚いて、緊急ボタンを押し「お母さん！」と叫んだ。隣の患者が「昨日も危なかったわよ」とのぞき込んだ。

九十歳を超えた時子に、息子が癌だとの知らせは、精神的にも肉体的にも大きなダメージを与えていたのだ。

美千代の話

昏睡状態になってしまった時子。

医者からは、もう年齢的に回復は難しいだろうと言われた。その日から意識が無い状態が続いている。

自宅に帰って片付けをしながら、佐伯は「もうすぐ一人の生活になってしまうのか？」と母と二人だけの長い生活を思い出していた。

その時急にポケットにしまっていた時子に預かった手紙を思い出して取り出した。

母の手紙の様で、宛名が金井花梨様になっているのに驚いた。

それは手紙なのか、箇条書きなのか判らない書き方で、文章になっていない乱れた文字で書かれていた。

金井花梨様へ
私、佐伯時子はもうすぐあの世とやらに招かれる様です。

そうなった時には、残念ながら私にはもう身内と呼べる人が誰一人居ないかも知れません。

それは唯一の子供悟が、亡くなった主人と同じ肺癌で、亡くなっているかも知れないからです。

悟には昔、結婚した女性が居たのですが、相性が悪かったのか？　結婚生活は長続きせず離婚して、子供も無く私と二人で長い間生活をして参りました。

最近になって、悟が貴女様を好きだと申しますので、私も陰ながら応援をして、結ばれる日を楽しみにしていましたが、その夢叶わず親子揃ってこの世を去る様です。

誠に勝手なお願いですが、僅かな蓄えと自宅を貴女様に貰って頂きたくお手紙を書きました。

悟は不器用な子供で、中々貴女様に気持ちを伝えるのが下手ですから、本心は判ないかも知れませんが、本気で貴女様を好きになったと思います。

また、貴女様も紫陽花の様に本心を隠して、生活をされている方だと思います。

今更、愚痴の様な事を書いても致し方有りませんね。

どうか私達の意思を尊重していただき、お受け取り下さい。

さようなら　　時子
「何なのだ！」と声を上げると佐伯は涙をこらえて、天井を見上げた。

母は、親子が同時に亡くなってしまうと毎日病院のベッドで考えていたのか？　それで自分の顔を見たので、この手紙を破れと言ったのか？　自分が母の寿命を短くしてしまったと佐伯は涙に暮れてその夜を過ごした。

母時子はとうとう一週間後に老衰で永眠してしまった。

親戚も殆ど無く、母時子の兄弟も既に他界していて、子供から孫の世代に代わっているので、家族葬も本当に質素な形で終わった。

葬儀の片付けが終わって、佐伯は見舞いのお礼にと「梨花」を訪れたのは、美千代が見舞いに行った時から二か月が経過していた。

酒を飲まなくなった佐伯は、カウンターの片隅で美千代の来るのを待ってウーロン茶を飲んでいた。

今夜は優子が早出で、一人のお客の相手をしていた。

優子が「課長さん体調は？」と尋ねた。

「もう大丈夫です、仕事も復帰しましたから」と佐伯は作り笑顔を浮かべた。

「少し痩せられましたね」

「病院での食事と病気の影響でしょうね」と微笑む。

しばらくして美千代が来ると「いらっしゃい、体調は如何ですか？」と佐伯を見て言った。

「もう、大丈夫です」と微笑むと、見舞いのお礼の品を差し出して会釈をしてから「ママ、聞きにくいのだけれど、例の頼んだ品は？」と小声で尋ねた。

「えっ、お礼の電話もメールもしてないの？　次の日に直ぐ渡しましたよ」と美千代は驚いて言った。

普通は高級品を貰ったら、お礼くらいはするだろう。見舞いに行かないとは聞いたけれど、失礼過ぎると思う美千代。

「お礼も言ってないのね、何を考えているのよ」と美千代は怒りを露にした。

「お礼なんていいのです。彼女に渡ってさえいたら、それでいいのです。それで」と同じ言葉を繰り返す佐伯。

「ママ、一曲歌います」

「そう、課長さんの歌久しぶりね、何を歌いますか?」

「紫陽花の花って歌有りましたね」

「有ったと思うわ」そう言いながら曲を探して流したが、佐伯は歌わない。

「知らないのにこの曲を?」と尋ねる美千代。

「良いのです」と言うと歌詞を読む佐伯の頬には涙が伝って流れている。

美千代はそれを、見てはいけないと思いながら見てしまう。

何が有ったのか判らないが、年老いた男が歌を聴きながらこんなに泣く事は今まで見た事が無かった。

歌が終わると「ママすみませんでした、紫陽花ってこの歌を聴いても良くわからないのですが？　どの様な意味が有るのでしょうか？」と涙声で尋ねた。

「紫陽花の花の花言葉は移り気かな？　最近では家族団欒とも言うわね」と答えた。

「移り気なのかな？」と呟く様に言う。

「どうしたの？」と心配顔の美千代。

「母の遺言の様な手紙に書いて有りました」

「それで、泣いていたの？」

「はい、曲は知りませんが、歌詞を見ていると泣けてきて」と側のおしぼりで目頭を押さえた。

「そうだったの、遺書？　お母さん亡くなられたの？」と急に言う美千代。

続けて「それは、ご愁傷さまでした」と言った。

「九十一歳ですから、大往生です、でも最後の手紙が気になりまして」

「どの様に書かれているのか知りませんが、何か意味が有るのでしょうね」

「本心を隠してとか書いていましたね」と説明をする佐伯。

「紫陽花の花って綺麗に見えているのは、花では無いのよ、本当の花はね、小さな花が隠れて咲いているのよ」と教える美千代。

「その事ですね、多分母は気持ちを隠して……なるほど、そうかも知れません」と言うと静かに勘定を払って帰って行った。

「早く元気になって、また飲みに来て下さいね」と見送る美千代。

入れ替わりにやって来た花梨に「貴女、お礼もしなかったの？　私が恥をかいたわ」と美千代が怒って言った。

「何の話？」とキョトンとした顔の花梨に「佐伯さんによ！　普通はお礼位するでしょう？」と怒る美千代に「その時、忘れたから、そのまま忘れていた」と平気な顔の花梨。

「高価な物なのに、お礼も出来ないのは本当に駄目よ」と再び怒る。

「十万もしないでしょう？」平然と話す花梨。

「馬鹿じゃないの？　三倍はするわよ、あの大きさの石なら、私はね佐伯さんは貴女に本気だったと思うのよ、でも癌になったから諦めたのよ」と美千代が言った。

指輪のサイズ

「本気って、どう言う意味ですか？」驚いて尋ねる花梨。

「結婚したいと思っていたと思うわ、だから指輪を買って渡そうとしたのよ、その時告白する予定にしていたのよ」

「えー」と驚く花梨。

確かにＤＳアサヒで会っていた時は、感じの良い人だと思って接していたのは事実だ。

その後「梨花」で会ってからは、花梨の頭では、飲み屋で女の子を引っ掛ける変な男のイメージがある。圭太と同類としか思っていない花梨は、美千代に言われて驚くのだ。

「でも、自分が癌になったから、もしこのまま亡くなったら、無駄になるから、泣く泣く私に預けたのだと思うわ」と美千代が話す。

「……」

「お母さんも最近亡くなったらしく、先程までここに座って、ウーロン茶を飲みながら、紫陽花の歌を聴いて泣いていたのよ」

「泣いていたの？」と泣いた事に驚く花梨。

「そうよ、お母さんの遺書に紫陽花の花の事が書いて有ったらしいわ」と話した時に、客が数人入って来て話が途切れたが、今夜の花梨は終始暗い気持ちの状態が続いていた。

佐伯宛に（お礼を言わなくて済みませんでした、今夜ママから色々聞きまして、お母さまも亡くなられたと聞きました。ご愁傷さまです）と深夜にメールを送った花梨。

それは花梨が佐伯に自分から送った初めてのメールだった。

でも返事は届かない。怒っているのか？　眠っているのか判らないが、一時になっても返事がないので諦めて眠った。

翌朝になっても、返事は返ってこない事を確認した花梨は仕事に出かけた。

終日メールは来なかった。怒っているのか？　それとも何かまた起こったのか？　と花梨はだんだんと不安になった。

佐伯は、携帯を役所に忘れて帰っていたので、全くメールも見ていない状況だったのだ。

定年で本来の仕事から遠ざかっていた佐伯は、入院で益々閑職に追いやられていた。

最近は物忘れも多くなり、母時子が亡くなってから益々悪化していると自分でも自覚をしていた。

酒も止めて、楽しみは全く無くなった佐伯は、気力も失せていたが「そうだ！　今は紫陽花の季節だ！」と母の気持ちも考えながら、一度は紫陽花の花を見に行ってみようと思い立った。

殆ど携帯を使わないので、忘れている事すら忘れている佐伯だった。

肺癌の発病と、母の死、花梨に対する思いが伝わらなかった無念の気持ちが、彼を気力の無い人間に追いやってしまったのだ。

役所に休暇届を出すと「まだ、体調悪そうですね、養生して下さい」と言われる。

定年を過ぎた男に重要な仕事は無いので、全く無害扱いだった。

花梨はメールも来ないので、手立てが無いと思った。考えたら自宅も知らなかったのだ。それでも、一度はお礼を言うべきだろう？　ママに言われた言葉が脳裏に残っていて、DSアサヒでも佐伯が来ないいか？　毎日注意を払いながら仕事をしていた。

数日後花梨は有る事に気が付いた。

それは、DSアサヒの会員証の存在だ。昔佐伯に会員になれば五％の割引があるから、作ったら良いですよと勧めて作って貰った事を思い出したのだ。

早速事務所でデータを調べてもらう様に頼むと帰る寸前に佐伯の住所が送られて来た。

花梨は次回の休みに佐伯の自宅を尋ねてみようと思った。

花梨は水曜日の昼間、佐伯の書いた住所に行ってみた。閑静な住宅街に佐伯の家が在ったが、チャイムを鳴らしても全く人の気配が無かった。

帰ろうとすると、近所の人だろうか？　「佐伯さんのお宅に用事の方ですか？」と初老の女性が尋ねた。

「はい、最近お見掛けしませんので、心配になりまして」と微笑みながら言うと「役所も今は休まれて、何処かに旅に行かれたと思いますよ。私に伝言されて行かれましたからね」と言う。

「旅行ですか？」

「お母さまがお亡くなりになられてから、元気が無くなられましてね」

「いつ頃戻られますか？」

「一週間程、休みを貰ったと言われていましたから、週末には帰られるでしょう」

「そうですか？　また寄らせて頂きます」とお辞儀をして花梨は帰ろうと、乗って来た自転車の方に行きかけると、初老の女性が「もしかして、息子さんの婚約者の方？」と聞いてきた。

花梨が「えー！」と驚いた顔をしたので「ここのお母さんが元気な時に、もうすぐ息子が再婚出来るかも知れないと、嬉しそうに話されたのを思い出しまして、間違っていたらすみません」と謝りながら、花梨を見送った。

ママが話した事は本当だったのだ。

「本気で考えていたの？　飲み屋でのお遊びでは？」確かに指輪のサイズも自分にピッタリだったことを思いだした。

いつ？　測った？　と帰り道に考えていると、遠い昔ＤＳアサヒの横のコーヒー店で、アイスコーヒーを飲んでいた時の事を思い出た。

「ここに指輪をしていたのは、もう遠い昔の話ですよ」と言いながら、ストローの入れ物を丸めて薬指に着けた事があった。

あの時、佐伯さんはその紙屑をポケットに入れていたのか？　あの時から？　意識していた？

確かに自分も感じが良く、母親思いの方だと、来られる日を楽しみにしていたのは事実だ。ある日を境に、その思いは完全に消えて、単なる飲み屋のお客さんに変わってしまい、全く意識をしなくなっていた。

その後も変わらず佐伯さんは自分を求めていたのか？　ネックレス、ピアス、ブレスレットと次々と貰ったのは？　佐伯さんが私を確かめていた？　その様な事を考えて、自分の行動が悪かったのか？　と考える様に花梨は変わってきていた。

弓子が漸く大藪を文房具店で捕まえたのは、その日の夕方だった。

「大藪社長さん、漸く会えたわ、お聞きしたい事が有るのですが？」と弓子は詰め寄った。

店では都合が悪い大藪は、弓子がママの美千代に言われて来たのだと思ったので、近くの喫茶店に連れて行った。

「申し訳ない、内緒にする約束だったのに」といきなり謝り始める大藪に「あの日酔った花梨さんをホテルに連れ込んだでしょう？」と言い出したので、大藪はこれはママの依頼では無いと判ったが、状況的に変な事を喋ってしまったと思った。

死の恐怖

大藪は連れ込んで何もしないで帰らせたと噂が流れても、自分の恥となるし、まさか写真を写しただけだったからとも言えないので「弓子さんに、そこまで知られていたら、白状しますがあの日一緒にラブホテルに行きました。たまたま使ったタクシーが菅原タクシーだったのです」

「それで、菅原さんが知っていたのね」

「はい、そうです！　内緒にして下さいよ」

「判ったわ、でも花梨さん酔っ払って意識無かったでしょう？　出来たの？」興味津津に尋ねる。

「風呂に入ると、元気になりましたよ」と微笑む大藪は、嘘は大きく言わなければ、立場が無いと大袈裟に楽しんだ話をして「内緒に頼むよ！　近日中に良い物をあげますよ」と口止めをした。

ママが怒っている理由が判りその秘密を知った弓子は上機嫌で帰って行った。

佐伯は鎌倉まで足を伸ばすと、紫陽花で有名な長谷寺に行って、母の書いた遺書の様な物を思い出しながら散策をすると、週末に帰って来た。

一人で、母の思い出を探しながらの寂しい旅は、佐伯の心を一層暗くしたが、何かを得た様な気分にもなっていた。

それは、母と同じ様な気持ちになった事だった。

肺癌がもし再発したら、自分には家族が居ないので、誰かに自宅とか財産を譲らなければならないと思ったが、半分ノイローゼの様な気分にもなっていた。

そんな気分のまま佐伯は、土産を持って「梨花」に早い時間訪れた。

「課長さん、お久しぶり」と出迎えたのは弓子で、まだ七過ぎを回ったばかりで店には誰も客が居なくて、佐伯には都合が良かった。

「これ、鎌倉の土産です。皆さんでお召し上がりください」と紙袋を手渡した。

「今夜は、花梨さんは来ませんよ」と言う弓子。

「知っています。私も今はアルコールを飲んでいませんから、ウーロン茶を一杯飲んだら失礼します」と微笑む佐伯。

「そうなの？　わざわざ土産を届けに？」と尋ねる弓子。

「はい、今帰り道で、荷物は駅のロッカーに預けてきました」と答えた。

「お聞きし難い話ですが？　花梨さんの事ですが？」と佐伯が聞いた。

「どんな事？」

「花梨さんは公団に娘さんとお住まいだとお聞きしたのですが、子供さんは一人でしょうか？」

「言っても良いのかな？」と躊躇う弓子。

「別に悪い事をする為に聞いてはいません。勿論他言はしません」と言い切る真剣な態度の佐伯に「もう一人、お兄ちゃんが居て、働いているわ」と答えた。

「何故一緒に住んでいないのですか？」

「お兄ちゃんは、鎌田の名前だからね、前の旦那さんの名前よ、元旦那さん今はタクシーの運転手をしているわ」

「完全に別れていますよね。花梨さんの財産を奪いに来る事は無いですよね」と尋ねる佐伯。

弓子は笑いながら「獲る財産なんか、有る訳がないでしょう」と笑ったが、この時弓子は佐伯がもしかして花梨と？　の考えが浮かんできた。

弓子は「そうね、もしかしたら何か貰っているか？　援助して貰っている人がいるかも知れないですね」と口走ってしまった。

「それは？　男性ですか？」佐伯には、驚く話だった。

「そうですよ、佐伯さんもご存じの方ですよ」

「えー、渡辺さん？　大藪さん？」と心配な佐伯。

「後者の社長ですよ、内緒の話よ、二人はもう男女の関係が有るのよ、だから社長は援助しているかも知れませんね」と話す弓子。

「……」無言になる佐伯。

「人の女に恋しても、泣くだけですからね」と佐伯に念を押す様に言う弓子。

「私は、花梨さんとどうとかこうとかは考えていませんよ。でもお付き合いされている方がいらっしゃったら、失礼ですよね」とぽつりと話すと、ウーロン茶を一気に飲み干して「色々教えて頂いて、ありがとうございました」とお辞儀をして帰って行った。

弓子は「あれで良かったのよ、大藪さんと関係が有る女性を好きになっても可哀想だからね！」と心で思っていたのだ。

梨花を出た佐伯は益々困ったと思うのだった。

「自分が亡くなったら、僅かだが財産を花梨に譲ろうと思っていたが、出来なくなった」

その様な事を考えた事も悔いていた。

翌週役所に行った佐伯は、引き出しから電池の切れた携帯を見つけて「ここに、有った」と口走る。

早速充電を始めた佐伯がしばらくして、花梨のメールを見つけて「珍しい」と呟いて読んだ。

何故？　今頃お礼？「お礼を言わなくて済みませんでした。今夜ママから色々聞きまして、お母さまも亡くなられたと聞きました。ご愁傷さまです」の文章に、弓子さんが土曜日話していた大藪さんの事が有るから、わざわざお礼を言ったのか？　と解釈してしまった。

夕方自宅に戻った佐伯は、隣家の初老の女性にお土産を持参すると初老の女性は「お土産ありがとうございます。佐伯さん、先日留守の時に、小柄な女性が尋ねて来られましたよ、四十過ぎかな？」と話した。

「小柄な女性ですか？　役所の人かな？」

「そんな役所関係の感じの人では無かったわね」と教えられたが、佐伯には心当たりが無かった。

小柄な四十過ぎで真っ先に思い当たるのは花梨だったが、彼女が自宅の場所を知っているとは思えないので佐伯は慌てて心の中で否定した。

大藪さんと関係が有る女性が、わざわざ尋ねて来る事は考えられない。

でも誰だろう？　親戚の人で四十過ぎの人？　と考え込んだ。

保険の勧誘か？　何かのセールスだろう？　佐伯にはそれ以外に考えられる人は無かった。

コンビニで買ってきた弁当をレンジに入れて、インスタントのカップみそ汁をお湯で解く。

母が居た時は、食事を作って待っていてくれたのだがと思った。飲み会で遅くなる時以外は、連絡せずに遅くまで飲んで帰っても、待っていた事も度々有ったなと思い出しながら美味しくもない弁当を食べ始めた。

一緒に買ってきたクリームパンが、食卓に無造作にコンビニの袋からはみ出している。明日の朝の為に、買ってきたのだが、殆ど毎日同じ様な食事だ。

酒を飲んでいた時は、酒の肴として色々な物を食べていたが、今はそれもない。僅かな時間で食事を済ますと、簡単にシャワーでお風呂は終わり。洗濯機が一週間に一度だけ、音を立てて動く。

風呂場の乾燥機で乾かす。一週間がこの様な毎日で、味気ない日々を送る佐伯。

気力も希望も何も無く、仏壇の母の遺影に手を合わせて眠りに就く生活の繰り返しが最近の生活だった。

再発

花梨は自分が送ったメールに何も反応が無いのは、佐伯が怒っているからだと思っていた。

日曜日なら自宅に居るだろう？　もう一度一度行ってみることにした。

ＤＳアサヒを早退して、先日行った時に庭木が雑草だらけだったので、今度は軍手と鎌を持って行こうと何故か思いついた。

夕方四時前に佐伯の自宅に到着したが閉まっていた。

先日よりも一層草木が伸びて植木を覆う程になっている。まるで幽霊屋敷かと思う程だった。

早速花梨は玄関横の庭に、軍手を着けて入って行った。

鎌で草を刈り始めてしばらくすると「先日の方ですね」と初老の女性が声をかけて来た。

女性は物音がしたので見にくると、花梨を見つけて先日の女性だと気が付いたのだ。

「今日は、草刈りですか？　佐伯さん放りっぱなしだから、雑草凄いですね」と微笑む。

「あっ、こんにちは、先日寄せて頂いた時、雑草が多かったので、今日は鎌を持って来ました」と微笑む花梨。

「名前聞いてなかったわね、親戚の方？」と尋ねる。

「はい、そうかも知れません」と笑顔で答える花梨に女性は「男は歳取って一人になると何も出来ないわね」と言いながら自宅に戻って行った。

花梨は、草刈りが終わっても佐伯は戻ってこないので、仕方なく帰る事にした。

時計を見ると六時前になっていた。

最近佐伯は、日曜日になると自転車で近所の一円パチンコに行って時間を潰す事が多くなっていたのだ。

この日も昼前から行って、帰って来たのは夜の八時を過ぎていた。

昔の普通のパチンコは直ぐに負けるからやらないのだが、一円パチンコなら時間を十分潰せるから、凝りだしたのだ。

自宅に帰った時は既に暗くなっていて庭の草が綺麗になっている事に気が付かない佐伯。

いつもの様にコンビニで弁当を買って帰ると、インスタントのみそ汁を作って食べ始めた。

明後日には肺癌の定期健診に行く予定だ。働く気力が無くなった佐伯は役所に出す退職届を書いた。

殆ど仕事らしい仕事も無く、日々を過ごす事に疲れていた佐伯は、もし、次回の検診で肺癌が再発していたらと、その様な事も考えるとノイローゼの様にもなっていた。

母が亡くなり、肺癌で入院。恋心を抱いた花梨には大藪と言うお金持ちの社長が居て失恋。

もしも自分が亡くなったらどうすれば良いのだろう？

母の遺書の通りにする事が正しいのだろうか？　と思い悩んで、佐伯は美千代宛の手紙を書き始めた。

美千代様へ
同封しました手紙は私の母が残した遺言書の様な物です。

もし、私が肺癌を再発しましたら、この手紙を読まれて、ママの判断に委ねます。

この様な手紙を委ねる事は大変心苦しいのですが、何方にもお願いする術が有りませんので、よろしくお願いいたします。

花梨さんには、今大藪社長さんとのお付き合いが有るとお聞きしましたので、迷惑になる様でしたら、寄付も考慮に入れて頂けたら幸いです。

唯、母の思いも有りますので、この様な手紙を送ってしまいました。

僅かな期間でも楽しい思いを致しました事を、うれしく思っています。

佐伯　悟

翌朝、退職願いを持って、家を出た佐伯が「あれ？」と玄関の横の庭が綺麗に掃除されている事に気が付いた。

隅にはビニール袋に刈り取った草が、詰め込まれて置かれて在る。

不思議な光景を見て役所に向かった。

退職願を渡すと「病気で、大変でしたね、これからはゆっくりして下さい」と厄介者が居なくなったと思われる様な言葉で受理された。

「有給が残っていましたら、使って下さい」と来月末まで休んでも全く支障が無い様に言われて、夕方いつもの様にコンビニで弁当を買って帰った。

自宅の前で、隣家の女性が「自宅を手放されるの？」と急に尋ねた。

「いいえ、考えていませんが？」と答えると「じゃあ、再婚されるの？」と今度は笑顔で尋ねる。

「どうしてですか？」不思議な顔で尋ねる佐伯。

「昨日夕方、庭の掃除に来られていた方、先日お越しに成った方でしたから」

「えー、その女性が掃除をしていったのですか？」驚く佐伯。

「二時間程かかっていましたよ、私がそのビニール袋お渡ししましたのよ」

「えー、それはありがとうございます」とは言ったが、母が何か手続きをしたのだろうか？

急いで小さな金庫を開いて調べるが、別に変わった書類も入っていなかったので佐伯は胸を撫で下ろした。

母が何か手続きをしていて、あの手紙をママに送ったらとんでもない事なってしまうからだ。

翌日佐伯は県立病院に検査の為に向かった。胸には美千代宛の封筒を持っていた。

「佐伯さん、その後の体調は如何ですか？」

「悪くも無く、良くも無くです」と話しながら検査が始まった。

胸部をＣＴ撮影で調べる。

胸部ＣＴ検査は、胸の部分を様々な角度から連続で撮影をして、その情報をコンピューターで解析し、癌の大きさや発生場所、リンパ節への転移の有無等を調べる。

しばらくして、医師が「佐伯さん、もう少し詳しく調べますから、近いうちに検査入院して下さい」と言った。

「再発ですか？」と尋ねる佐伯に「いいえ、そういう訳では有りませんが、もう少し細部を調べて、転移とかないか、完全に治ったのを確かめたいと思いますので」と言われて「はい」と答えたが、佐伯は癌が再発してしまったと思い違いを始めた。

来週に三日程入院と言われたが、その声も殆ど耳には聞こえない状況で病院を後にした。

駅前に見える郵便ポストに持っていた封筒を投函して、コンビニに入ったが弁当を買う気力も無くなっていた。

投函

投函をして自宅に帰ったが、何処をどの様に歩いたかも記憶にない。

コンビニで弁当を買う気力も無い佐伯は手ぶらで家に帰り着いていた。

「佐伯さん」と隣家のおばさんに声をかけられて我に返った佐伯。

「あれから、考えたのだけれど、庭の掃除に来ていた人ね、何処かで見た事が有るのよね、それが何処だか判らないのよ、私が良く行くスーパーの人かと思って今日見に行ったけれど、違ったわ」と一方的に喋った。

「そうですか？　思い出したら携帯に電話して下さい、私も何処に出かけるか判りませんから」と携帯番号をメモして手渡す佐伯。

「また、何処かに旅行ですか？」と不思議そうに尋ねる。

「そうだ、奥さんの名前聞いていなかった」と不意に尋ねる佐伯。

「赤木多喜子、赤木は判るわよね、電話では名前は名乗らないからね」と微笑む。

不思議と隣に住んで居ても、意外と名前は知らないものである。

佐伯は、明日からまた何処かに行こう、そして旅先からこのおばさんに土産でも送ろうと急に思い立ったのだ。

考えてみれば、隣のおばさんも今では話をする数少ない人の一人になっていると思ったからだった。

会釈をして、自宅に入った佐伯は、冷蔵庫から牛乳を取り出しそれを飲みながら、明日から人生最後の旅行に行こうと考え始める。

先程までは、何となく旅に行こう程度の思いだったが、必ず行こうと言う思いに変わってきた。

何処に行こう？　と古いアルバムをいきなり取り出して来て、遥か昔の写真を懐かしそうに見る佐伯。

両親と行った場所を目を細めて見ている。

六十一年間の時間の流れを見るように、ページを捲っていく。

結婚式の写真が数枚出て来ると、こんな事も有ったなと、役所の上司に勧められるままにお見合い結婚したことを思い出した。

しかし僅か三年で破局。

「貴方って、面白くも何ともないわね、乳離れしていないのね」の言葉が蘇る。

もう、三十五年も前の事が昨日の様だ。

元の妻が再婚して、子供に恵まれて幸せに暮らしていると聞いたのは、十年程前だった。

もう、こうしてアルバムを見なければ、顔も思い出さない自分に苦笑いをする。

次のページを開くと両親と行った高千穂と別府温泉の写真が、懐かしそうに色褪せた姿で登場した。

「ここに、行こう」と口走る。

自分が中学生の頃だろうか？　母の若い顔に懐かしさがこみ上げてくる。親父も母も若い、高千穂峡のボートに父と自分が乗っている姿を母が撮影した写真に目を細める。

別府温泉の地獄巡りの間欠泉の前で、急に温泉が噴き出して驚く母と自分の姿がある。

もう、悟の頭は遥か昔にタイムスリップをしていた。

佐伯は翌日の午後、旅行鞄を手に自宅を出て在来線に乗り込んだ。

急ぎの旅でもないので、普通電車を乗り継いで九州までのぶらり旅をしようと思ったのだ。

何の予約もしていない目的の無い気楽な旅だ。

神戸駅から、新快速に乗り継いで姫路に向かう。

姫路で一旦降りると、再び在来線で岡山を目指す。今日は休日でもないので、学校帰りの学生らが大勢乗って来る。

しばらくしてから、もう夕方なのだと岡山駅でそれを感じる。

今夜は岡山で宿泊して、明日は九州までは新幹線で行こうとまた気持ちが変わった佐伯。

ママに宛てた手紙は土曜日に梨花に到着したが、美千代は休みで誰が送った物か判らないので、誰も郵便物を開ける事は無かった。

佐伯は土曜の夕方、別府温泉に到着したが、どこも予約してないので空いている旅館が中々見つからない。やっと小さな旅館を見つけてたどり着いた時は七時になっていた。

酒も飲まない男性の一人旅で、無口で何か神経質そうな面持ちの佐伯を仲居達は警戒している。

佐伯が明日は朝から高千穂に行きたいと告げると、漸く安心して中居達は接するようになった。

高千穂峡は、その昔阿蘇火山活動の噴出した火砕流が、五ヶ瀬川に沿って帯状に流れ出し、急激に冷却されたために柱状節理のすばらしい懸崖となった峡谷である。

この高千穂峡は、一九三四年（昭和九）十一月十日、国の名勝・天然記念物に指定された。付近には日本の滝百選にも選ばれた真名井の滝、槍飛橋などがある。

さらに神話に由縁のある「おのころ島」や「月形」「鬼八の力石」など、高千穂峡の遊歩道のみで高千穂の魅力を十分に感じることができるスポットになっている。

以前来たのが四十五年も前だとは思えない程変わらない景色と、その時と同じ風が木立の中から吹いてくる。

「悟、そんなに覗き込むと落ちますよ」と時子の声が今にも後ろから聞こえて来る様な錯覚を感じながら、木立の中から滝を眺めた。

「お母さん、私ももうすぐお母さんの元に行くようです」と呟くと悟は後ろの母時子の面影を捜した。

日曜日の高千穂峡は、大勢の人が観光に来ていた。

家族連れは、貸しボートに乗って五ヶ瀬川の瀞を楽しんで、嬉しそうだ。

「そうだったな、私も親父の漕ぐボートに三人で乗ったな」と滝の落ちる近くまでボートで行った記憶が蘇る。

父とボートに乗ったのを母が撮影してから、三人で滝の処まで行ったのだと、先日の写真の情景を思いだした。

瀞に沿って上流に向かうと徐々に流れが急になり、沢山の滝が作られていて、見る人の目を楽しませてくれる。

美千代は同じ日の夕方、明日からの準備の為に、掃除をしようと店にやって来た。

カウンターに置かれた送り主の名前の無い封筒を見つけると「ダイレクトメール？　請求書では無いわね」と思いながら開封した。

手紙を読んだ美千代は顔から血の気が引き、悪寒を感じた。

「これ、何よ！　遺書、佐伯さんの遺書なの？」と呟く。

「そんなー、花梨と大藪さんの事を何処で聞いたの？」と言うともう一つの封筒を開封した。

金井花梨様へ
私、佐伯時子はもうすぐあの世とやらに招かれる様です。

そうなった時には、残念ながら私にはもう身内と呼べる人が誰一人居ないかも知れません。

それは唯一の子供悟が、亡くなった主人と同じ肺癌で、亡くなっているかも知れないからです。

悟には昔、結婚した女性が居たのですが、相性が悪かったのか？　結婚生活は長続きせず離婚して、子供も無く私と二人で長い間生活をして参りました。

最近になって、悟が貴女様を好きだと申しますので、私も陰ながら応援をして、結ばれる日を楽しみにしていましたが、その夢叶わず親子揃ってこの世を去る様です。

誠に勝手なお願いですが、僅かな蓄えと自宅を貴女様に貰って頂きたくお手紙を書きました。

悟は不器用な子供で、中々貴女様に気持ちを伝えるのが下手ですから、本心は判らないかも知れませんが、本気で貴女様を好きになったと思います。

また、貴女様も紫陽花の様に本心を隠して、生活をされている方だと思います。

今更、愚痴の様な事を書いても致し方有りませんね。

どうか私達の意思を尊重していただき、お受け取り下さい。

さようなら　　　　時子

美千代は「肺癌が再発したので、この手紙を送ったの？」と呟いていたが、その顔は血の気が引いていた。

病院にて

「この手紙は佐伯さんの母が病院で、子供が肺癌で手術を受ける前に書いたのね、そして無事退院して病院に行った時、母親は既に衰弱していたのだわね」

もう一つの手紙は、

美千代様へ
同封しました手紙は私の母が残した遺言書の様な物です。

もし、私が肺癌を再発しましたら、この手紙を読まれて、ママの判断に委ねます。

この様な手紙を委ねる事は大変心苦しいのですが、何方にもお願いする術が有りませんので、よろしくお願いいたします。

花梨さんには、今大藪社長さんとのお付き合いが有るとお聞きしましたので、迷惑に成る様でしたら、寄付も考慮に入れて頂けたら幸いです。

唯、母の思いも有りますので、この様な手紙を送ってしまいました。

僅かな期間でも楽しい思いを致しました事を、うれしく思っています。

佐伯　悟

「これは佐伯さんが癌を再発したから、投函したのね！」と美千代は理解した。

「兎に角明日、病院に行って本人に確かめてみよう」

美千代は直ぐに電話で「花梨、大変だよ」と伝える。

「どうしたの？」と驚く。

「佐伯さんが、癌を再発したみたいだよ」

「えー、ほんとなの？」今度は声を大きくして驚く花梨。

「明日、病院に行こうと思うのよ、一緒に行けない？」

「昼間は、明日は休めないのよ、ごめんなさい」美千代は喉まで遺書の内容が出かけていたが言えないので「それじゃあ、私が見て来るわね」と話すと電話を切った。

その電話を受けた花梨は心中穏やかでは無いので、早番の仕事が終わると直ぐに自転車を漕いで佐伯の自宅に向かった。

もう入院しているかも知れないが、もしもまだならお詫びが言いたい。

元気な間に会いたいと思って、急いで佐伯の自宅に到着した。

「こんにちは、こんにちは」とチャイムを鳴らす花梨の声に、隣の多喜子が隣の玄関から現れた。「佐伯さん、旅行に行かれていますよ」と言って、花梨の顔を見ると「貴女、ＤＳアサヒの人だったのね」と言ってきた。

「どうしてですか？」と首を傾げると「制服のままだから」と言って笑った。

花梨は佐伯が癌だと聞いたので、驚いて着替えもしないで走って来たのをその時初めて気が付いて、恥ずかしそうにした。

「何処かでお見かけしたと思っていたのよ」と言う多喜子に「佐伯さん旅行ですか？　何処に？」と尋ねた。

多喜子は「知らないわ、また二、三日で帰って来られるでしょう」と言うと自宅に戻って行った。

花梨は仕方なく帰って行ったが、多喜子は花梨の行動に二人が只ならぬ関係だと決めてしまう。

あの人は以前見た、ＤＳアサヒの側の喫茶店で佐伯さんと会っていた女性であることを完全に思い出した多喜子は、直ぐに佐伯の携帯に電話をした。

「佐伯さん、判ったわよ」

「何が？　でしょうか？」もうすっかり忘れている佐伯は、今夜の宿を求めて高千穂の旅館街を歩いていたところだった。

「庭の掃除をされた方が、先程お見えになったわよ」嬉しそうに話す多喜子。

「えー、また来たのですか？　誰でした？　親戚の人？」と尋ねる佐伯に「佐伯さんの奥さんになる人でしょう？　隠さないで下さいよ」と嬉しそうに言う。

「私の奥さん？　別れた？」驚く佐伯。

「はあ！　それ誰ですか？」会話の意味が通じていなかったが「薬局の側の喫茶店で何度も、

デートしていたでしょう?」と言われて「DSアサヒのですか? 花梨さん?」と佐伯の声が一オクターブ上がった。

「花梨さんって言うの? 小柄な可愛い感じの女性?」

「は、はい!」と急に元気になって来る佐伯。

その電話から佐伯の気持ちが大きく変化した。

今までこのまま自殺でもしようか? と考えていたのに、もう帰る事を考えている自分が可笑しい佐伯だ。

この場所から、今日自宅に帰るのは無理だが、明日急いで帰ろうと考え始める。

大藪の話は、その時既に考えていない。

花梨さんが、自宅に三度も来てくれて、一度は庭の掃除までしてくれた。

それは自分に対する気持ちの表れだと理解すると、嬉しくて仕方がない。

癌の再発も、大藪との関係も佐伯の頭から完全に消えてしまった。

高千穂の神様のご利益なのか? と高千穂神社にお祈りをする佐伯。

電話をするのはそれでも怖いので、中々出来ないで夜も眠れず朝を迎えた。


月曜日の朝、美千代は手紙を持って県立病院に向かった。

この様な大事を任されても困ってしまうが、もっと大事な事は花梨と大藪は何も無かったと伝えなければいけないことだと思っていた。

受付で「こちらに、佐伯、佐伯そうそう悟だわ、入院していますか?」と矢継ぎ早に尋ねる美千代。

入院患者の名簿を探す受付が「その様な名前の方の入院はございません」と答える。

それならと直接佐伯の携帯にかけてみたが繋がらない。

「何処に行ったの?」と呟いて、急に大きな声で「自殺!」と叫ぶ美千代。

驚いた受付が「自殺って? 救急車の手配ですか?」と尋ねたが「ここの、病院の肺癌の先生って、何方?」といきなり尋ね返す。

「肺癌の先生は居ませんが?」

「肺癌の先生が居ないのに、肺癌の患者を診るの?」と詰め寄る美千代。

「奥様、違いますよ、肺癌の先生はいらっしゃいませんが、外科の先生なら今泉先生が担当です」と答える受付。

「何でもいいよ、その先生呼んでよ」

「ここに、先生をお呼びする事は出来ません、診察でしたら、受付の札をお持ちになってお待ち下さい」と言う受付に美千代は切れた。

「あんた！　何を考えているの！　人が死ぬかも知れないのに、呼ばないの?」と詰め寄った。

「そんな、ご無理を申されましても、患者さんが大勢お待ちですから、それ程悪い方でしたら、救急車をお呼びになった宜しいかと」と話すと美千代が大声で「この受付の人、人殺しだよ！怖い！」と周りに聞こえる様に言う。

「奥様！　お止め下さい」と止めるが、美千代が「人が死ぬのに助けない、病院って変だわ！」と怒鳴り声を上げる。

向こうから、ガードマンと事務長が走って来て「どうしたのですか?」「静かにして下さい」と説得に入った。

再会へ

「兎に角、その今泉先生に合わせて下さい、人の命に関わる事です」と言い切る美千代。

事務長とガードマンは、取り敢えず美千代を受付から無理やり引っ張って来て事務室に連れ込んだ。

「何をするのよ、暴行をするのね、地元の新聞社の支店長も、市長さんも良く知っているのよ」

と無理やり連れ込まれて怒る美千代に「判りました、今泉先生の診察が一段落したら、来て貰いますからお待ち下さい」と事務長が言うと、ようやく美千代は落ち着いた。

今の新聞社とか市長の名前を聞いた事務長は、面倒と思ったので仕方なくそう言ったのだった。

いくら待っても今泉先生がやって来ないので、いらいらしてくる美千代。

「まだなの？　新聞社か、役所に電話しようかな？　県立病院は患者を殺したと」と大きな声で独り言を言う。

事務長が走って来て「もう少しお待ち下さい」と謝る。スナックの名刺を貰った事務長は、水商売のママの美千代は、周りの人に暴力団にも知り合いが居る様に見えて、怖い気がしていたのだ。

本人はいたって普通の服装に普通の化粧だと思っていたが、傍から見ると派手に見えるのだった。

しばらくして、今泉がやって来ると「どの様なご用件でしょう、時間が有りませんので手短に」と高飛車に言った。

「じゃあ、手短に言うわ、佐伯さんって肺癌を再発したの？　もう駄目なの？」

いきなり言われもピンとこない今泉は「佐伯さんって？　どちらの？」と尋ねた。

今泉は、患者は多いので個々の名前は、カルテとその場で見てから始めて思い出す。いきなり言われても美千代の顔を見たところで全く判らないのだ。

「直ぐには思い出せませんが、たとえ判っても貴女に患者の容体をお話し出来ません」と言い切る。

「それで、一人の人が亡なっても、責任は無いとおっしゃるの？」恐い顔で美千代が詰め寄った。

「そうは言っていませんが、兎に角医者の守秘義務です」と強い調子で言う今泉。

美千代は今泉の前に手紙を差し出して「これを読んでも何も感じないのなら、あなたは医者を辞めるべきね！」と言うと、今泉はしぶしぶ手紙を読み始めた。

二通目の文章を読んで「これは！」と口走った。

患者の顔と症状を思い出した今泉が「これは、間違いだ！　早く探さないといけない。佐伯さんは癌が再発した訳では有りません、念の為に他の検査もされて、転移が無いか調べてみたらと進言したのですよ！」と言った。

美千代は「それだけ判れば、良いわ」と手紙を今泉から受け取ると、踵を返し事務室を出ようとした。

今泉が慌てて「私は何をすれば？」と言うと、美千代は振り返って「連れて来るから、身体は大丈夫だと言ってあげて下さい」と微笑むと会釈をするなり、事務室を後に帰って行った。

「花梨！　佐伯さんは癌を再発していないわよ！　貴女から教えてあげなさい！」と電話をする美千代。

「本当ですか？」と声が明るくなる花梨。

「佐伯さんは、貴女と大藪さんが良い仲だと勘違いしているのよ！　今からそちらの店に行くわ、渡したい物が有るから」と美千代も元気になっていた。

昼休みの時間を計った様に美千代はＤＳアサヒに着いた。

「もう休憩時間でしょう？」

「はい」と答える花梨。

「食事に行きましょう？」

「私お弁当……」

「いいじゃない、今日は私がご馳走するから」と強引に美千代は花梨を引っ張って出かけた。

適当に料理を注文すると、ハンドバッグから手紙を差し出す美千代。

「何ですか？　佐伯さんの診断書ですか？」と尋ねると首を振って「花梨の処方箋かも知れないわ」と言った。

「私の病気？」と花梨は怪訝な顔をして手紙を読み始めた。

しばらくして花梨の頬に大粒の涙が流れだした。

二通の手紙を読み終わると、ハンカチで涙を拭いて「私は紫陽花ですか？」と尋ねた。

「そうみたいね、お母さんは貴女の性格を見抜いていたのね、私も花梨は本心を隠している様に思うわよ、もう少し自分に正直に生きた方が楽よ、飲み屋に来る人全員が同じでは無いのよ！　佐伯さんは良い人よ」と諭すように話す美千代の言葉を花梨は噛みしめる様に聞いた。

「最初の主人が、スナックの女性に貢いで離婚になったので、私は飲み屋のお客様を、いつも軽蔑していました。佐伯さんもここで会った時は良い方だと思ったのですが、店で会うと極端に毛嫌いをしていました」と告白した。

「それだけ話せば、すっきりしたでしょう？　佐伯さんを迎えに行って来なさいよ」と笑顔の美千代。

ハンカチで涙を拭いて「はい」と頷く花梨も、笑顔に変わっていた。

高千穂から急いで帰っている佐伯は、道中色々な事を考えていた。

「自分が癌の再発で死んだら、花梨さんに総て譲ろう、母の考えは間違っていなかった。

これで、自分は安心して旅立てる」

少しの間でも、二人で過ごす事が出来たら、それで自分は充分満足だと思いながら、同じ事を何度も考えている。

博多の駅で、これは隣の多喜子さんに、これはママに、これは「梨花」のみなさんに、これは花梨さんにと考えながら明太子と饅頭を数個の土産を買った。

そんな佐伯に（花梨です！　いつお帰りですか？）とメールが届いた。
驚きながら（花梨さんですか？　庭を綺麗に掃除して下さったのは？）と送る佐伯。
（今、何処ですか？　嬉しい知らせが有るのです、早く帰って下さい）
（嬉しい知らせって？　何でしょう？）
（今、何処？）
（新幹線の中です、帰宅中です）
（じゃあ、新神戸駅にお迎えに行きます）
（えー、嘘でしょう？）と驚く佐伯。
（私、反省しました！　お母さまに紫陽花って言われましたので）
（えー、母の手紙読まれたのですか？）
（はい、佐伯さんの手紙も読ませて頂きました）
（恥ずかしいなあ）
（ありがとうございます、高い指輪を頂きまして）と送る花梨。

（お礼なんて……）

（十六時半着の「さくら」で、帰ります！）

（嬉しい知らせと一緒に、改札でお待ちしています）と花梨のメールを受け取る。

それからの佐伯は、人生で一番長い時間を新幹線で過ごしていた。

完

杉山　実（すぎやま みのる）

兵庫県在住。

この物語はフィクションであり、実在の人物・団体とは一切関係ありません。

紫陽花

2017年９月１日発行

著　者　杉山　実

発行所　ブックウェイ

〒670-0933　姫路市平野町62

TEL.079（222）5372　FAX.079（223）3523

http://bookway.jp

印刷所　小野高速印刷株式会社

ISBN978-4-86584-256-2

乱丁本・落丁本は送料小社負担でお取り換えいたします。